www.tredition.de

© 2019 Hartmut Ewald Weißmann
Umschlag und Korrektorat: Daniela Alrun Weißmann

Verlag & Druck: tredition GmbH, Halenreie 40-44, 22359 Hamburg

ISBN
Paperback:    978-3-7497-6972-8
Hardcover:    978-3-7497-6973-5
e-Book:    978-3-7497-6974-2

Bibliografische Information der Deutschen Nationalbibliothek: Die Deutsche Nationalbibliothek verzeichnet diese Publikation in der Deutschen Nationalbibliografie; detaillierte bibliografische Daten sind im Internet über http://dnb.d-nb.de abrufbar.

## Autor

**Hartmut E. Weißmann** wurde 1955 in Wattenscheid geboren und verbrachte dort Kindheit und Jugend. Trotz seines späteren technischen Berufs zog es ihn immer wieder zu allen erdenklichen Künsten. Er malte, entwickelte Modellier-Techniken, brachte sich das Gitarrenspiel bei, schrieb Lieder, Gedichte und Geschichten, baute aber auch Dampfmaschinen und Öfen.
Zusammen mit seinem geduldigen Organisationstalent Gudrun lebt er in Bochum. Sie haben die Töchter Daniela und Anja.

Für meine Familie

und alle anderen,

die Phantasie mit „Ph"

ebenfalls

irgendwie schöner finden

\*

„In dem Augenblick, in dem ein Mensch den Sinn und Wert des Lebens bezweifelt, ist er krank."

*Sigmund Freud*

„Mir schmeckt Bayern"

*unser Autoaufkleber 1989*

Hartmut Ewald Weißmann

# Die Nikolausinsel

Ein phantastischer Roman

## Erster Teil

## Der Felsendom

## 1

## Ankunft

Verglichen mit dem niedlichen, vierbeinigen Findalloah-Pinguin war das faszinierend hässliche Mangadauron eine vernunftbegabte, ja sogar sensible Kreatur. Der dagegen hoffnungslos mickrige Vogel stob krächzend vom Nest, vollführte angeborene Kapriolen, um zu sagen: Mir nach, ich bin eine leichte Beute, und sah, wie zum ersten Mal, dass der säulenhafte Koloss einen beiläufigen Schlenker um sein schutzloses Gelege machte und weiter schwermütig seines Weges zog, wie es sich für sein uraltes Geschlecht geziemte.

In den sumpfigen Ebenen und an den Küsten Findalloahs lebten sie in einer entlegenen, vom Hauptstrom des Lebens abgeschiedenen, allen Wirren der Neuzeit entzogenen Welt. Hier stieg ein rötliches Tiefland in dunstiger Ferne zu einem bizarren Gebirgsring auf, dessen ausgezackter Firn an klaren Tagen mit dem blassen Himmelsblau verschmolz.

Der uralte Korallenkalk war von unzähligen Höhlen und Löchern durchsetzt, eher Schaum als Stein, Jahrhunderttausende währendes Nagewerk, am zerklüfteten Fuß mit nicht grünem, sondern nuancenreichem roten Bewuchs, der sich an den steilen

Hängen empor zwängend allmählich verlor.

Weit dahinter erhob sich ein Hochland mit einem heruntergekommenen Vulkanstumpf. Nebelbänke, die am frühen Morgen in den Sümpfen aufgestiegen waren, schwebten in Auflösung vor den löchrigen Hängen, und in straffen Formationen zogen Schwärme großer Vögel, weiß wie Schnee, dahin.

Vom zeitlos rauschenden Meer wiegte ein verirrte Stimmen tragender Wind die rot belaubten Palmen. Der blendende Strand war mit fremdartigen Schalen, Gehäusen und dunklem Treibgut garniert.

Weit hinterm Horizont trugen die Meere jener Tage Feuer und Eisen, durchpflügten kanonenbestückte Dampfschiffe die Wellen, wurden Völker entdeckt, tobten Aufstände in Kolonien, ließen sich reiche Parvenüs in Sänften zur Safari tragen. Aber an den farbenfrohen Stränden von Findalloah war noch alles ruhig. Nur der absonderliche Pinguin brach in Triumphgeschrei aus und das Mangadauron schüttelte seufzend sein zentnerschweres Haupt (sein Haupthaupt - es hatte drei weitere - ) und lenkte die Schritte weiter, zu jener Stelle, an der es nun doch etwas Ungewöhnlicheres bemerkt hatte. Als es die Bewegung eines Menschen wahrnahm, trat es abwartend hinter eine Rotpalmen-Gruppe. Erinnerungen, wenngleich seit langem nicht mehr aufgefrischt, mahnten zur Vorsicht.

Der Entdeckte trug wirres Haar, einen Vollbart und einen verwilderten Wilhelms-Schnäuzer, dessen Enden nass und sandig, nach Seelöwenart, herabhingen. Er steckte in hellgrauer Uniform, bei der an Stelle von Rangabzeichen Fäden baumelten. Eine überdimensionale farbenprächtige Beule hob sein schütteres Haar zu einem flachsblonden Dutt.

*

Der alternde Junggeselle war als Einzelkind in einem gut ge-
stellten Elternhaus in Berlin aufgewachsen. Gern hatte er - im
kleinen Matrosenanzug steckend - mit seinem Blechspielzeug,
seinem Dampfmaschinchen, seinen Fähnchen und seinen Zinn-
soldaten gespielt, das Klavier jedoch gefürchtet und seinen geliebten, aber unstandesgemäßen Fußball - Geschenk seiner
nachgiebigen Patentante - wie einen Partisanen im Keller versteckt.

Er war evangelisch getauft, war in eine Umgebung von vorzüglichen Manieren, Vaterlandsliebe und Kaisertreue hineinge-
wachsen, hatte sich aber in Folge erzieherischer Uneinigkeiten
zu einem pfiffigen Witzbold entwickelt, der die Seiten auszu-
spielen verstand.

Nach nur dürftigem Schulerfolg hatte er mit ebensolchem die
Volkswirtschaft studiert, anschließend gedient und war 1899, in
Hamburg, durch väterliche Fürsprachen zum Leiter einer Zent-
rale für koloniale Importe aufgestiegen. Ein sicherer Posten, in
einem feudalen, bald allerdings vergilbten Büro, mit Gummi-
bäumen, Sanseverien und einem weiten Blick über den Hafen.
Wenig Arbeit, wenn man sie zu delegieren wusste. Gern schon
morgens mit Cognac im Kaffee, mittags mit guter Küche, später -
in einem Winkel des Komplexes - ein paar Runden Skat, nachmittags Kaffee und Kuchen. Abends Buffet, Casino, Varieté, später Roulette. Rauchen auch. Viel Rauchen. Amerikanische Zigaretten.

Zwar war der gütige Vater der Ansicht gewesen, seine Pflicht-
vergessenheit wüchse sich irgendwann heraus, doch Recht hatte
die Mutter behalten sollen: die Faulheit dieses Flegels wüchse
allenfalls mit. Die Tugend der Sparsamkeit etwa war ihm zwar
nicht in die Wiege gelegt und auch nicht beizubringen gewesen,
aber man hatte ihm die Nützlichkeit des Prinzips zur Genüge
eingepredigt.

Sein Stiefgroßvater väterlicherseits hatte sie beeindruckend vorgelebt, wie kein Anderer, so weit, dass auf seinem Landgut der Nachmittagskaffee mit dem Prütt vom Morgen aufgegossen und aus Kartoffelschalen noch ein nahrhaftes Gericht bereitet wurde. Schimmel wurde vorsichtig vom Brot gekratzt, ehe es einen Überzug aus verdorbenem Quark als Käseersatz erhielt.
Die ganze Familie hatte sich über den alten Knausi amüsiert, aber niemand hatte je danach gefragt, was diesem gutherzigen Mann Einprägsames unter der französischen Besatzung widerfahren war.

Die Sparsamkeit unseres alternden Junggesellen begann beim Rauchen, indem er die Stummel bis in die Fingerspitzen sog und die auf Feiern darin gegipfelt, dass er nicht nur seine Gläser leerte, sondern sich auch noch der Neige anderer erbarmte, selbst wenn ihm schon übel war. Mit Argusaugen überwachte er die Gewohnheiten seiner Untergebenen, inspizierte die Papierkörbe und konnte lange Vorträge über Bleistiftstummel und erbsengroße Radiergummi-Reste halten, wobei er die Fundstücke anklagend vor den Verdächtigen ausbreitete.
"Meen Jroßvatter", hatte er seine Vorträge gern begonnen, "besitzt nur eenen eenzjen Bleistift, der noch fünfzigtausend Jahre halten muss. Also meine Herr'n: Kurze Sätze, keene Jroßbuchstaben, keene I-Punkte und so'n Kokolores. Kapitto?"

Trotzdem war er nicht unbeliebt, denn niemals folgten seinen bisweilen cholerischen Anwandlungen Konsequenzen. Auch war er zur Selbstironie fähig, was dem Betriebsklima zuträglich war. Lief er etwa mit einem Nikolaus-Glöckchen zum Dienstende durch die linoleumgedeckten Gänge, rief er mit Schauer-Stimme, in Anspielung auf die Beamten-Trägheit: "Tragt die Toten heraus! Oh, trrraget die To-hooten herrraus!" - Wobei er selbst den Abdruck von Ärmelschonern auf der ausgeruhten Stirne trug.

Im Gegensatz zu seinem Geiz in kleinen Dingen, hatte er in einer Nische eines Stanzbetriebs sein Renommierobjekt untergebracht: einen aus den USA importierten Stanley K Raceabout. Ein dampfbetriebenes Automobil, eine wahre Augenweide, purer Luxus mit roten Polstern und viel poliertem Messing, Mano-, Tacho-, Baro- und sonstigen Metern und einer durchdringenden Pfeife, um in der Freizeit im flachen Land die Hühner zu erschrecken. „Schnöde, knatternde Benzin-Stinker", hatte er Wetten auf die Firmenreklame abgeschlossen, würden sich niemals durchsetzen.

Seiner Natur nach hätte er am allerwenigsten Abenteuer in der Wildnis gesucht, wäre aber nicht abgeneigt gewesen, in netter Gesellschaft ein paar Trophäen für sein Heim oder die Bürowände zu schießen, nein, besser schießen zu *lassen*. Abends zurück ins Hotel. Gut essen, auf der Veranda einen guten Tropfen trinken, die Tropensonne sinken sehen, die ruhige Kugel schieben. Vielleicht mal 'ne schöne Zigarre statt der hektischen Zigaretten zwischen den Zähnen. Genießen, zahlen, weiterziehen. Aber das waren Träumereien auf der Platte seines Schreibtischs geblieben, auf dem sich ausgenommen des Überquellens der Aschenbecher und der parallelen Ausrichtung der Schreibzeuge wenig tat.

Seine Ausschweifungen hatten sich in Schulden niedergeschlagen, die er auf dem Wege der Buchführung in den Griff zu bekommen gehofft, es aber in einem Anflug von Anstand nicht gewagt hatte. Letztlich schienen ihm größere Entfernungen nicht mehr zu vermeiden gewesen. Nicht nur Inkasso-Gehilfen waren ihm auf den Fersen, sondern ein versuchter Heiratsschwindel war zu allem Übel aufgeflogen, und eine Morddrohung aus dem Milieu, dem die Getäuschte angehörte, raubte ihm den Schlaf. Überdies hatte sich die spendable Hand seines Vaters erschöpft.

So war er eines Tages, ehe man ihm die Füße betonieren konnte, verschwunden.

Das Verwaltungsamt der südpazifischen Inselgruppe Houa-Pelauea hatte sein Gesuch dank der väterlichen Verbindungen angenommen, sodass er acht Wochen später auf der anderen Seite des Erdballs von Bord gegangen war. Die Sicherung und Bewirtschaftung der Kokosplantagen von Houa und weiterer Landgewinn auf den Nachbarinseln waren gerade im Gange, wozu die als "störrische Houacken" berüchtigten Eingeborenen bei der Stange gehalten werden mussten.

Jedenfalls war der dortige Gouverneur spurlos verschwunden - möglicher Weise als Opfer von Kannibalen - und der Neuling hatte dank väterlicher Hinwendung überraschend ein Offizierspatent vorweisen und dessen Stelle einnehmen können.
Unser Mann, der bis dahin in Hamburg durch den Kolonialimport ein so angenehmes Leben genossen hatte, hatte bald den Landraub der Kolonialherren wie auch die keineswegs edlen Sitten der Wilden erlebt. Gern hatte er sich von ein paar marxistischen Agenten überzeugen lassen, dem Ganzen ein Ende zu bereiten, derart, dass man die Kolonie unter der Auflage zivilisierter Sitten zum freien Handelspartner aufbauen müsse. Land, Arbeit oder Ausfuhren sollten künftig bezahlt werden. Ein Verbindungsmann versprach, sich um Zahlungsmittel zu kümmern. So kam plötzlich eine Ladung in Dong-Pong fehlproduzierter Messingnieten zu neuen Ehren, gerade rechtzeitig, um aufkommende Unruhen zu befrieden.
Als jedoch die Eingeborenen versucht hatten, mit ihren "Nuggets" zu handeln, war der Betrug aufgeflogen. Ein Stamm nach dem anderen hatte die Arbeit hingeworfen und teils das Land zurück, teils echtes Gold gefordert. Zur Antwort hatte es Blei gegeben. Anschließend war es zu schlimmsten Aufständen ge-

kommen. Unwetter und Erdrutsche hatten die Deckung der Deutschen kurz vor dem Eintreffen der Hilfstruppen zu Nichte gemacht und ein elendes Gemetzel hatte vielen das Leben gekostet.

Den überlebenden Marxisten ging es nach der Befreiung standrechtlich an den Kragen.

Unser Mann hatte nach der Degradierung mit Hilfe eines Sympathisanten fliehen können, hatte sich in einem beladenen Marineschlauchboot der Hilfstruppen verkrochen und in der Dunkelheit das Tau gekappt.

An der Flussmündung war er am Morgen von Houa-Kriegern mit Wurfkeulen empfangen worden und hatte einen harten Treffer kassiert. Er war dahindämmernd in den Pazifik getrieben und nach stürmischen Tagen weitab aller erforschten Regionen gekentert. Zu allem Übel - vielleicht aber auch zu seinem größten Glück - hatte sich während der turbulenten Strandung ein Blutgerinnsel in seinem Gehirn festgesetzt...

*

Anfang Juli 1910. Gegen Mittag erhob sich ein Niemand im Niemandsland aus dem feuchten Sand. Sein ihm entfallener Name war Joseph Schmidt.

Salz und Sonne brannten in den Schürfwunden. Kleine Krebse und glänzende Fliegen machten sich davon. Er stöhnte, hustete, sah sich vorsichtig um und begrub den Auswurf verlegen mit der Stiefelspitze im weißen Sand. Aus der nassen Kleidung wurschtelte er ein Päckchen amerikanischer Zigaretten, aus dem es braun in den makellosen Sand tröpfelte. Sonst war er - bis auf ein kleines Schlüsselbund, das ihm nichts bedeutete - auf keinerlei Besitz gestoßen. Weder Papiere, noch Taschenuhr, noch Taschentuch, geschweige sein Feuerzeug. Unsicher stopfte sich Joseph Schmidt einen Teil der nassen Zigaretten in den Mund, kaute mit dem Gesichtsausdruck eines Schafs und beseitigte die

Verunreinigungen wie zuvor. Seine ansteigende Stimmung wurde von keinerlei Ahnungen getrübt. Der laue Wind, der weiß-blaue Himmel, die rötliche, weiß umsäumte Welt und vor allem der Tabak auf der Zunge ließen ihn zufrieden auflächeln. Zur Vollendung der trügerischen Seligkeit hörte er in der Ferne metallische Klänge, verträumte Glockenschläge, in deren An- und Abschwellen eine beruhigende Vertrautheit lag.

Um ihn herum, was die stürmische See, außer seiner Person, in der Nacht angeworfen hatte: Seetang, Schalen, Gehäuse, sandgeschliffene Baumstrünke. Hier ein Schildkrötenpanzer, dort verirrte Kokosnüsse, die in diesen antarktisnahen Breiten keine Chance hatten. Hier ein Haifischkiefer, dort ein Schulp. Ansonsten verstreute Holz- und Blechkisten.

Kaum 100 Meter weiter lag, dem eingefallenen Kadaver eines Jung-Wals ähnlich, sein plattes Schlauchboot. Frühes Modell eines Berliner Erfinders, darin noch ein MG 08 samt Munition. Doch er erinnerte sich nicht, wurde nicht mal stutzig, hielt es für einen Bestandteil der Gegend. Der größte Teil seiner Erinnerung war gelöscht.

Als die Klänge für eine Weile verstummt waren, machte er sich mit bloßen Händen an einer der Holzkisten zu schaffen. Hiermit erfolglos, trat er den Deckel ein, zerrte mit wachsender Verzweiflung eine Konservendose nach der anderen heraus, suchte etwas, von dem er ängstlich ahnte, dass es unentbehrlich war, und während er dies tat, schwoll das Geläut zum voll tönenden Sonntagsgesang einer Kathedrale an, als hätte sie sich zu ihm auf den Weg gemacht.

# 2

## Mangadauron

Es war eine Welt von großer, jedoch trügerischer Schönheit. Vor ihm dehnten sich riesenhafte Moospolster, dazwischen Kolonien unbekannter Gewächse. Vereinzelt oder in kleinen Hainen ragten hohe Palmen mit weinroten Wedeln auf. Es gab rote Kakteen- und Ananasartige, rote Agavenähnliche mit schwarzen, gefräßig bezahnten Blattschnäbeln. In den Schatten der zahl- und namenlosen roten Arten verbargen sich violette, grüne und auch braungetönte Laubformen mit allerlei sonderbaren Eigenheiten.

Schwärme von nirgends katalogisierten Schmetterlingen quirlten um die unerfindlichsten Blüten, deren Sommerdüfte mit dem Meerwind sumpfwärts zogen.

Hier und da öffnete sich der Untergrund zu türkis schimmernden Tümpeln, die aus den versunkenen Grottenwäldern der Vorzeit gespeist wurden. Davon getränkt, dehnte sich, mit den Moospolsten konkurrierend, ein vollkommen fremdartiges Wesen aus: großflächig, wulstig, fast mannshoch, dunkelrot bis zartrosa und hintergründig von üblem Geruch. Seit Jahrmillionen war es auf eigenen Entwicklungswegen. Es war die Hülle einer monströsen Korallenart, die das Land erobert hatte und im Innern noch monströsere Entitäten verbarg. Jetzt war auf einem fleischernen Stängel ein niederträchtiges Etwas mit allerhand Tentakeln entschlüpft: mehr ein Berg Schlachtabfall als eine geordnete Kreatur, Entwurf eines verwirrten Schöpfers, deren Organe erregt unter der zellophanartigen Haut pulsierten. Der entgeisterte Gestrandete sah es im letzten Moment von drei Mäulern gepackt um sich schlagen, ehe es in zuckende Portionen gerissen im oberen Hauptmaul seines Retters verschwand. Der teuflische Geselle berührte ihn nach vertilgtem Mahl mit der triefenden, von krummen Hauern starrenden Schnauze, schien ihn aber als Nachspeise zu verschmähen und erhob sich zur vollen Größe. Seine länglichen Anhängsel, drei verkleinerte Abbilder derselben Kreatur, klatschten wie lederne Weinschläuche aneinander, und in erneutem Herabfahren erscholl ein dissonantes Glockengedröhn mit solchem Druck aus dem dampfenden Hals, dass es den schmerzgekrümmten Mann umwarf. Es war ein ausgewachsenes, etwa viereinhalb Meter hohes Exemplar.

Schmidt erwachte aus der Ohnmacht. Um ihn herum – dutzende Konservendosen und andere Güter. Die Holzkisten zertrümmert, die Blechkisten von unvorstellbarer Kraft zerdrückt. Der Geruch von Rum und Sauerkraut lag in der Luft. Er erblickte die ungelenk davon schwankende Silhouette des Mangadaurons, das sich auf eine Gruppe von Artgenossen zubewegte, während es sich mit einem der oberen Gliedmaßen eine Blechdose aus dem Gebiss zu schlagen suchte. Joseph Schmidt sprang auf wie eine Gazelle aus den Fängen eines Geparden und ließ seine gesamte Habe wie Tabak, Zündhölzer, den Rest Rum, Konserven, Waffen und Munition in wilder Panik zurück.

3

Der Felsendom

Das Meer begann sich der herrenlosen Kostbarkeiten anzu-
nehmen. Das Schlauchboot versank zum Teil im Sand. Ein ros-
tender Munitionsgurt hing noch eine Weile wie ein monströser
Skolopender über einer geblähten Gummiwulst. Die Mündung
des fortgespülten MG 08 wurde zum Unterschlupf eines kleinen,
giftigen, durch und durch patriotischen Kraken.

Joseph Schmidt lief und lief. Sein Weg hätte schnell in einem
Sumpfloch oder einem hungrigen Schlund enden können. Gelegenheiten gab es zu Hauf, aber er hatte Glück. Es war nichts weiter nötig, als dass er mit dem Verstand eines ausgesetzten Klein-
kinds in das Sumpfgebiet hineintappte, um in die unglaubliche
Lage zu geraten, von der diese Geschichte erzählen wird. Kein
vernünftig handelnder Mensch hätte soviel Glück gehabt. Auf
trittfestem, kolibriartig rot und grün irisierendem Filzmoos folgte er mit instinktiver Vorsicht den Windungen eines trägen,
bräunlichen Gewässers, schlief, wo er hinfiel, soff Regenwasser
aus Blattmulden, fraß tapfer, was halb oder ganz tot in den Zähnen der Schnabelpflanzen hing, fand ein wenig Trost bei seinen
letzten nassen Zigaretten.
Als die Glockenrufe vom Strand außer Hörweite waren, trug
ihm der Wind aus der Marschrichtung ein ähnlich beängstigen-
des Geläut entgegen. Die Sicht auf den Ursprung war durch
Rotpalmen versperrt. Er änderte seinen Kurs zum linksseitigen-
Bergkamm, bemerkte aber im Näherkommen riesenhafte Vögel,

die vom Aufwind getragen die Hänge patrouillierten. Das Geschrei der Berghöhlenbewohner war zu hören, wenn sich unvorsichtige von Krallen durchbohrt in die Lüfte hoben. Schmidt machte kehrt, um ja nicht in die Jagdgründe dieser Bestien zu geraten. Er entging den unzähligen anderen Gefahren und stieß nach zwei Tagen auf ein markant aufragendes Gebilde: ein spindelförmiger Fels auf festem Grund, kein Kirchturm wie es von Ferne schien, doch hatte man irgendwann versucht, den Stein in Form zu hauen und Löcher mit Lehm verschlossen. An die dreißig Meter hoch, bestand er aus dem gleichen mürben Stoff wie die Bergwelt im Hintergrund. Ein Pfad, der plötzlich wie aus dem Nichts aus gurgelndem Morast auftauchte, durchbrach einen Ring aus dürrem Dornengestrüpp und führte zu einem kahlen Platz, der den Turm umgab. Etwas abseits dampfte zudem ein türkis schimmernder Mineraltümpel mit weiß-krustigem Uferschlamm. Weit und breit kein menschliches Wesen, außer Schmidt.

Totenstille im Vorraum einer Wendeltreppe. Grünlicher Schimmer auf holzgedeckten Stufen. An den Wänden dutzende erdnussgroßer Egel, deren grelle Farbenpracht jedem Tierkundigen suspekt gewesen wäre. Schnell hingen sie zu Hauf an Schmidts unvorsichtigen Händen, da er sie für Konfekt gehalten hatte, schwollen an zum Format von Brühwürsten, während der Befallene verrückte Dinge zu tun begann. Es waren Egel mit einem besonderen Speichel, einem Gift, das ihren Opfern übel zu Kopf stieg.
Schmidt bekam einen Lachanfall. Er prustete etwas ähnliches wie „Preußens Gloria" und tänzelte mit verdrehten Augen ins Freie, schüttelte dabei die wurmbehängten Hände über dem Kopf wie ein amerikanisches Büschelgirl, bis seine Stimmung ins Gegenteil umschlug und er plötzlich überzeugt war, den einsamen Turm militärisch erobern zu müssen. Er bewaffnete sich mit

einem Stück Dornengestrüpp und stürmte um sich schlagend mit Gebrüll treppauf. Oben im Dämmerlicht riss er den Sperrbalken einer Tür herunter und ging, verschanzte Rebellen erwartend, mit seinem zerknickten Gestrüpp in Anschlag.

Doch es herrschte heilige Stille. Dinge der Vorzeit, Schilde, Speere, roh geschmiedetes Ackerwerkzeug und einiges mehr lehnten wie seit Ewigkeiten an einem steinernen Altar. Hoch darüber erstrahlte ein mächtiges Christuskreuz im hellsten goldenen Licht, und allmählich formte sich auch aus dem irritierenden Hintergrund der Umriss eines Mannes! Eines Mannes, der Schmidt aber keinesfalls sonderlich erschreckte.

Seine rundliche Gestalt erschien in einem roten Gewand mit weißen Pelzbesätzen auf einem thronartigen Schaukelstuhl. Mit weiß hervorquellendem Haupthaar, langem weißen Rauschebart und gezwirbeltem Schnurrbart. Einen verzierten Krummstab in der einen, ein goldenes Buch in der anderen Hand. Eine Reisigrute hinterm Gürtel. Die gütigen Augen im ledrigen Gesicht schienen Schmidt heiter zu betrachten! Ihm zur Linken lehnte ein schäbiger Kohlensack, aus dem scheinbar ein Paar Kinderbeine baumelten, obenauf ein schwarzes Buch. Eine vergleichsweise alberne Mütze mit weißem Saum und Pelzbommel krönte sein Haupt und ein Paar dick gestrickter Fäustlinge, hellblau mit je einem Tannenbäumchen-Motiv, lag friedvoll in seinem Schoß.

Schmidts Verstand war zu beschädigt, um das Absurde zu erkennen. Vielmehr überwältigte ihn kindliche Ehrfurcht. Er lächelte schief, winkte mit dem egelgespickten Dornzweig als armseliger Weihnachtsdekoration, begann schluchzend zu lachen und fiel auf die Knie.

So verging viel Zeit, bis er es wagte, den schweigsamen Hausherrn anzustoßen. Der starre Körper geriet zu einem gemütlichen Nicken ins Wanken. Aus einem Ärmel, unbemerkt, rieselte Mäusekot...

*

Schmidt spürte, dass er hier sicher war. Ohne lebendige, menschliche Gesellschaft, fern der vergessenen Heimat, wie es ferner nicht ging, bewohnte er fortan jenes seltsame Mausoleum oder was es sonst sein mochte. Der Tisch war reich gedeckt: Rauchschinken, anderes Trockenfleisch und weitere Gaben in Krügen und Säcken wie getrocknete Früchte, Kaffeebohnen, Honigwaben, Nüsse, eine Art Marzipan, steinharte Printen und Stutenkerle mit reichlich echtem Tabak in den eingebackenen Pfeifchen. Es waren auch wachsumhüllte Klötzchen dabei gewesen, eine Art Gorgonzola, den er schnell hinausgeworfen hatte. In den zwölf bauchigen Keramikflaschen aber hatte er einen Weinbrand der edelsten Sorte entdeckt und ihn gleich vom erstem freudigen Schnuppern an bestimmungsgemäß zu gebrauchen gewusst. So konnte er in der bizarren Einöde sicher eine Weile überstehen.

Die Tage wurden kürzer, der Wind kälter. Die ursprünglich tropische Vegetation, die sich der allmählichen Kontinentalverschiebung angepasst hatte, erwartete die Ausläufe des südpolaren Winters. Die stolzen Wedel der Rotpalmen, bald kränklich braun, fielen wie die Flaggen nach einem Staatsstreich und ihre nackten Blattknollen ragten auf den schuppigen Stämmen wie Drachenköpfe aus dem wabernden Dunst. Das Laub der selteneren Grünpflanzen war, nachdem es sich im Tod erst flammend gerötet hatte, nun ebenfalls braun herabgefallen und schützte faulend ihre bleichen Keime.
Obwohl Schmidt seine Beobachtungen nicht verstand, hatten sie ihn doch veranlasst, Palmenwedel und Moos zu einem wärmenden Bett unter dem Christus anzuhäufen. Der Gekreuzigte und der Sankt Nikolaus saßen so tief in Schmidts Unterbewusstsein, dass er sie weder erstaunlich noch zum Fürchten fand. In größe-

rer Höhe waren seltsame Fenster eingepasst: unregelmäßige Holzrahmen mit gelblich transparenten Folien, wie von Bienenwachs, die die Sonne golden auf den Mann scheinen ließen, der da angenagelt war, und die ledrige Haut seines Gegenübers fühlte sich fettig an und hatte einen süßlichen Honigduft, der ihm angenehm war. Und eindeutig war eine Art Leben im Mann im roten Mantel, ein leises Rumoren und Tappen, das zu hellem Quieken wurde, wenn er ihm kumpelhaft zuprostete und ihn dabei anstieß. Es waren Mäuse, Beutelmäuse um genau zu sein, die im ausgehöhlten Schädel wohnten.

4

## Papyros

Es wurde entsetzlich ungemütlich. Eisregen fegte aus silber-schwarzen Wänden über die Ebene. Das Sturmgeheul aus un-zähligen Felslöchern vereinte sich zu einem schaurigen Choral, in den sich das Jaulen umherziehender Raubtiere mischte. Die windbewegten Turmglocken, hoch in einem unerreichbaren Ge-stühl, klangen wie die Rufe der Teufelswesen.

Eine Zeit lang kroch nachts etwas die Stufen hinauf, etwas Plumpes, Borstiges, das Schmidt unter gar keinen Umständen zu Gesicht kriegen wollte. Es schabte an der verkeilten Tür, legte sich grummelnd davor, trollte sich in den Morgenstunden. Nach Tagen der Dunkelheit sah Schmidt mit Verwunderung wie zum ersten Mal im Leben Schnee, und im Schnee sah er Raubtiere ih-re Spuren ziehen: sechsbeinige Schwefelhyänen, die von der un-teren Bergregion ins gefrorenen Tiefland gezogen waren - ans Licht gekrochen aus dem Abgrund einer verworfenen Schöp-fung.

Meist kauerte Schmidt taub und trunken im Krautbett unterm Kreuz und der gute Sanktus lächelte warmherzig in seinen gelb-lichen Bandagen, auch wenn sein Gast sich Mantel und Mütze angeeignet hatte.
Dann war bitterste Kälte eingezogen und er lief stundenlang auf und ab, besoff sich, kaute Tabak bis zum Erbrechen, durchwühl-te die Opfergaben und inspizierte jedes Loch, jeden Winkel, ob

er nichts zur Besserung der Lage fände. Er leerte die Säcke auf einen Haufen und polsterte den roten Mantel mit ihnen aus. Er kratzte den Lehm aus den Felsenlöchern, ob dahinter nichts Brauchbares sei. Hinter einer wachsversiegelten Altartafel fand er schließlich Berge von gebündeltem, wachsgetränktem Papier und einen verzierten Kasten mit Kinderzeichnungen, Wunschzetteln und - man staune: Liebesbriefen über Liebesbriefe! Das Meiste aber waren Tagebücher und Ähnliches, verfasst von einem Missionar namens Fürchtegott Findl, der kein anderer als der Schelm war, der da zu steter Heiterkeit verurteilt auf dem Thron saß.

Ein bebildertes Moritaten-Buch namens "Nikolos Weltreise" tauchte auf, vorgesehen zur unterhaltsamen Belehrung im praktischen und allgemeinen Wissen für jung und alt. Es enthielt die Warnung, dass die Jugend keinesfalls die dargestellten Dinge versuchen sollte, es sei denn, dass ein erfahrener Erwachsener zugegen sei. Denn alles Gezeigte - o weh! - gehöre einer Welt an, die zur Strafe für ihre Dummheit und Ungezogenheit restlos mit Mann und Maus untergegangen sei. Daran möge man stets denken.
Schmidt blätterte wie ein Zweijähriger darin herum. Verschiedenes wurde behandelt: Wasserkraft, Dampfkraft, Sprengstoff, Metallschmelzen, aber auch Grundzüge des Finanz- und Steuerwesens, das der Schreiber zugleich verteufelte. Zum Thema "Feuer" fand sich in der Einleitung, dass das griechische Wort darauf hinweise, welch ein Banausen-Volk die Namensgeber doch gewesen seien, denn "par pyros" bedeute doch wohl nichts weiter als "für's Feuer", woraus er schloss, dass der Großteil der ägyptischen Schriften von den alten Griechen verbrannt worden sei. Eine Illustration zeigte eine schriftplündernde Menschenkette, von den Pyramiden hin zur Akropolis, wo eine hämische

Xanthippe einen Kessel mit Suppe für den arglosen Philosophen befeuerte.

Ein anderes Bild zeigte Kannibalen, die sich lüstern ihre maßlos überzeichneten Lippen leckten, während ein Weißbärtiger mit roter Zipfelmütze angstvoll auf einen Kessel schaute. Im Vordergrund Knochen, Schädel und Geripp, im Hintergrund eine Gestalt, die Hölzer durch Drehen zum Qualmen brachte. Dem folgte die Darstellung eines Heißluftballons, mit dem Sankt Nikolaus erleichtert winkend zum Himmel fuhr. Darunter, für Schmidt hieroglyphisch wie die Fraßgänge von Borkenkäfern:

*Der Kannibal', das Ungeheuer, / kocht Seinesgleichen Fleisch am Feuer.*

*Seht nur, wie er die Hölzer zwirbelt, / dass weißer Rauch emporen wirbelt.*

*Gottlob, der kluge Nikolo, / in knapper Not gen Himmel floh.*

*Mit Feuerskraft sucht er das Weite, / und ungesättigt bleibt der Heide Heide.*

*Mit Feuer, welches ihm gedroht, / entwich der Nikolo der Not.*

Das nächste Bild wurde so erläutert:

*Zum Nordpol trägt der Wind ihn bald. / Da droben ist es bitterkalt.*

*Dennoch lebt dort, wie jeder weiß, / der Eskimo im ew'gen Eis.*

*Draus macht er große Brennglaslinsen. / Dem Fisch am Spieß vergeht das Grinsen.*

*Man brät ihn braun im Sonnenschein. / Welch raffiniertes Völkelein!*

*So birgt in sich das kalte Eis / das Feuer dem, der solches weiß.*

Und das Nächste, auf dem sich Sankt Nikolaus auf originelle Weise eine Pfeife anzündet, war wie folgt betextet:

*Den Fidibus wohl jeder braucht, / der gern sein Tobakspfeifchen raucht.*

*Oft ist er aber gar verschwunden, / und wird trotz Suchens nicht gefunden.*

*Vernimm nun dies, du armer Tropf / mit deinem kalten Pfeifenkopf:*

*Man fängt der Sonne heißen Schein / ganz schlicht mit dem Monokel ein.*
*Und siehe da, schon glimmt der Knaster / für unser hoch gelobtes Laster!*

So erklärt sich, dass Schmidt es wie durch einen Geistesblitz vollbrachte, eine der Stutenkerl-Pfeifen im Schein der Wintersonne mit einer Linse aus Eis zu entzünden. Und wie auch der Weinbrand nicht irgendein Fusel war, so war auch der Tabak der Beste überhaupt. Nicht lange und mitten in der heiligen Kammer loderte ein Feuer. Wachs und Papier gab es ja im Überfluss - juchhei, es brannte wie Gift! - und so gingen Findls Handschriften, infolge ihres beigefügten Keims, zur Entstofflichung in Flammen auf.

Das Kartenwerk über die Insel rutschte unerkannt mit hinein, und den Liebesbriefen widerfuhr eine noch größere Schmach. Sie ersetzten das bis dahin zum Abwischen benutzte sperrige Laub. Das Bilderbuch aber verwahrte er bis zuletzt, blätterte darin gewärmt und gesättigt herum, ein Pfeifchen im Mundwinkel und einen kräftigen Schluck dazu.

Dann - gegen Ende des Jahres - plagten ihn Schmerzen aller Art: Durchfälle, Husten, Fieberanfälle und Kraftlosigkeit, hinzu eine bodenlose Angst, wenn er nicht schnell genug mit dem Weinbrand nach kam. Ungeziefer bevölkerte ihn, wimmelte in seinem wüsten Bart, der sein einst rosiges Beamtengesicht umzauste. Doch Gedanken an den Tod, die Zukunft überhaupt, blieben ihm fremd.

Eines Tages waren die letzten Schwarten und Krümel vertilgt, der Tabak geraucht und nichts als Schnee und Weinbrand übrig. Bei Verstand hätte er wahrscheinlich die letzte Gelegenheit ergriffen, sich vor dem Hinsiechen mit Absicht tot zu saufen. Es hätte das bestmögliche Ende seines Lebens sein können. Besser als verwundet oder krank dahin zu siechen, besser als mit einer Kugel in der Brust zusammen zu sacken oder am lebendigen Leib zu verfaulen. Er war nicht mehr weit von Letzterem entfernt, als ein großes Wunder geschah. Genau am Tag des Sankt Nikolaus stand der Selbige von den Toten auf...

5

## Auferstehung

Sechster Dezember 1910. Ein frostklarer Tag. Frischer Schnee war in der Nacht gefallen. Der Mond stand über den Bergen wie eine silberne Banane. Immerhin hatte Schmidt den Schwierigkeiten zum Trotz einen Holzvorrat gesammelt: feuchtes Zeugs, dessen Rauch immer wieder weithin sichtbar aus dem Felsendom gestiegen war. Die Wärme hatte es jedenfalls erlaubt, Mütze und Mantel hin und wieder an den Besitzer zurück zu geben. Beim Umziehen des Mantels hatte er Sankt Nikolaus aber die Arme und Anderes gebrochen. Er hatte ihn mangels Begabung und geeignetem Material mit Schnee zu reparieren versucht. Seine Haltung war dabei sehr unnatürlich ausgefallen, der ganze Brustkorb durch die Schmelze bald aufgeweicht und platt eingesunken. Dann hatte er Uferschlamm aus dem Türkis-Tümpel hinauf geschafft, einen Brei aus Salpeter, um ihn auf zu modellieren, hatte tagelang unter Tränen herumgewerkelt, bis er mit verätzten Händen und aus Angst vor neuen Fehlern aufgegeben hatte.

Als er zu weit nach Brennholz in die Gegend hätte laufen müssen, verbrannte er alles Habhafte, zum Schluss den Thron, das Kreuz, das Bilderbuch.
Um irgendetwas Gutes zu tun, hatte er die Wunden des Christus mit ein paar Bandagen der Mumie versorgt. Den Christus hatte er an die Wand gelehnt, Sankt Nikolaus hockte nun am Boden, das Kreuz schwelte kraftlos auf der Feuerstelle. Schmidt däm-

merte seit Tagen nur noch dahin, bekleidet mit Mütze und Mantel.

Gegen Mittag des sechsten Dezembers geschah etwas. War es Einbildung? Es klang wie ein rhythmisch vorwärts stoßender Gesang. Doch er hatte nichts Schönes, nichts Liebliches, ja kaum Menschliches. Es war nur mehr ein inbrünstiges, sich ständig wiederholendes, vielstimmiges Gegröl:

*"Eta hapa ka-ni-puti, eta hapa ni-pu-kuta!*
*Eta hapa nika-puta, eta hapa HOA-KA-PUTA!"*
(Das ist die Sonne, das ist der Mond!
Das ist das Leben, das ist der Tod!)

Schmidt wurde hellwach. Als er den ekstatisch anschwellenden Kriegsgesang aus nächster Nähe hörte, packte er reflexhaft einen Schild und einen Speer vom Altar und verharrte reglos neben der Tür.

Lange umkreisten sie stampfend und grölend den Turm. Röhrende Männerbässe, im Wechsel mit grellem Frauen-Kreischen, dazu das hohle Röcheln ihrer seltsamen Hunde. Das bedurfte keiner Übersetzung! Ihre Stimmen waren das Grauen von Houa: Da hatten die umtanzten Gefangenen als lebendes Frischfleisch in den Bäumen gehangen und hatten schon nicht mehr alle Gliedmaßen. Die Seinen gehorchten ihm nicht. Schild und Speer fielen hin.

Dann war es still geworden. Sie hatten begonnen, den Turm andächtig in der Gegenrichtung zu umrunden und leise ein anderes Lied angestimmt:

*"Nikolo kimm in unser Hias,*
*schenk uns Zuckabrezn süaß,*
*steck die Ruatn wiedr nei,*
*mir wolln guade Christn sein."*

Schmidt fiel ein Stein vom Herzen. Schwein gehabt! Kapitulation aussichtsreich! Es war ein Gefühl, das keine Worte brauchte. Er leerte die letzte Kalebasse, schraubte sich schwankend die Stufen hinab und erschien mit erhobenen Armen im Eingang. Weniger, als würde er der Prozession seinen Segen erteilen, eher wie ein verwahrloster, als Weihnachtsmann kostümierter Ganove.

Die Eingeborenen standen da, in ihren wüsten amulette- und kreuzkettenbehängten Pelzkutten, mit Spießen, Speeren und Keulen, frühsteinzeitlich bis auf die mannshohen (innen hohlen) Prozessionskreuze, und er, Schmidt, dürr, bleich, eingefallen und schlotternd, in den geheiligten Kleidungsstücken über der Kolonialherren-Uniform. Dazu die Hunde, die sprungbereit im Schnee lagen.

Nach einer Weile atemlosen Stockens brach ein ohrenbetäubender Jubel aus. Mehrere Ankömmlinge fielen in Ohnmacht. Eine hinreißend schöne junge Frau reichte ihm mit bebenden Händen in größter Ergebenheit eine glimmende Tabakspfeife, aus der er - danach mochte kommen was wolle - den tiefsten Zug seines Lebens nahm.

Ein kleiner Mann, steinalt und zahnlos, warf sein Kreuz in den Schnee, sprang zu Schmidt, kniff ihm - in der Eingeborenensprache mehrmals "Vater" schreiend - in die Wangen, umklammerte ihn unter Tränen, mit drahtzähen Armen und musste zuletzt gewaltsam abgepflückt werden. Aus Mund und Nase dampfend, kippte Schmidt zu aller Entsetzen in den Schnee und rührte sich nicht mehr.

# Zweiter Teil

## Die Gedächtnishütte

## 2.1

### Findl sei Dank

Sie schleppten den Kolonialisten in das besiedelte Gebiet. Er war auf eine Trage gebunden, die man aus zwei gegenüber liegenden Kreuzen improvisiert hatte. Sie sangen ihre grässlichen Lieder und die Hunde leckten ihm das Gesicht.

Nach dem Aufstieg entlang der zu Eis erstarrten Katarakte der Berghöhlen und nur kurzem Weg auf dem Hochland war ein eingeschneites Dorf erreicht. Es lag nahe des zugefrorenen Sees, dessen Wasser zur Sommerzeit mit Getöse durch die Berghöhlen ins Sumpfland stürzten, und es wirkte sehr befremdlich in der urweltlichen Sumpf- und Bergwelt. Nichts passte ins Bild urzeitlicher Menschen ozeanischer Herkunft, ebenso nichts zur bizarren Tier- und Pflanzenwelt des Tieflands, nichts zum weltentrückten Panorama der Berge, hinter dem man eher Tempel und Paläste einer mysteriösen Kultur erwartet hätte. Das mit Zuckerguss bedeckte Dorf war in jeder Hinsicht ein Stilbruch.

Vormals war das Hochland von großen Schreitvögeln, bizarren Beuteltieren und Geschöpfen wie den Mangadauren besiedelt gewesen, doch waren die meisten durch die eingewanderten Menschen ausgerottet, bestenfalls noch als kuriose Fell- und Knochensammlung existent.

Gefährliche Tierarten beschränkten sich jetzt - mit gelegentlichen Ausnahmen - auf die abgewandte Seite der Berge und das Sumpfland, und nur harmlose Beutelaffen hatten sich wieder auf die einstige Zahl vermehrt. Weil die Landwirtschaft unbekannt war, hatte sich nach der beinahen Ausrottung der Tiere, trotz fruchtbaren Bodens, in den zunehmend härteren Wintern der Kannibalismus ausgebreitet und seltsame Blüten getrieben.

"Selbst untereinander, in den Dörfern, schreibt der Aberglaube vor", schrieb Findl in seinen Tagen, "dass man denjenigen, von dem man glaubt, er habe einem Unrecht getan, zum Zweikampf fordert, worauf die ganze Sippe den Unterlegenen zu verspeisen hat, um die frei erfundenen, doch stets beleidigten Ahnengeister in Gewogenheit zu halten, was nicht selten dazu führt, dass man selbst verspeist wird. Doch dies nimmt der Tschegedahner in seiner unsäglichen Schlichtheit ohne Zögern in Kauf. Denn er weiß es nicht anders, da das ganze Leben hier komplett darauf eingestellt ist, wie gern man dem auch entkäme. Doch wer wagt den ersten Schritt hinweg von der niedersten Form derselben hin zur wahrhaftigsten Liebe seines Nächsten?"

Das Dorf hieß Trunkenheim. Nicht in schlampiger Übersetzung oder in zufälliger Konvergenz, sondern ganz wörtlich. Sein einladendes Bild bestimmten eingeschossige Miniaturen bunter mittelfränkischer Fachwerkhäuser, insbesondere aber eine Brauerei und eine Destille, deren Dünste durch die winterlichen Gassen zogen. Sein größtes Gebäude war mit seinem Dach einem Gemeinschaftshaus der Maori ähnlich, dahinter ragte der Glockenturm einer christlichen Kapelle auf. Vom Dorfplatz, der über ein Veranstaltungspodest verfügte, führten die schmalen Gassen zu den Behausungen der vielleicht sieben- bis achthundert Bewohner. Vor und hinter den mit allem erdenklichen Vorweihnachtsputz behängten Fassaden lagen schneeverhüllte Gärten mit Reihen von Bienenkörben, weiträumig umgeben von Bäumen und Hainen, Weinstöcken, Wiesen und Ackerland. Vereinzelt sah man Unterstände für Beutelpferde, und, da man nichts wegwarf, etliche mit nutzlosem Zeug und Habseligkeiten Verstorbener gefüllte Schuppen. Es gab ein zentrales Backhaus, ein Waschhaus, Speicherhäuser, verschiedene Werkschuppen, mehr als einen kleinen Schulbau und Sonstiges. All das hatte nur knapp zwei Tagesmärsche vom Felsendom existiert.

Im Süden gähnten hinter rötlich glühenden Wildnissen die blass- blauen Fratzen der löchrigen Berge, nach Norden zwängte sich ein schmaler Pfad durch Wald- und Buschland, dem See und der Flussaue folgend, zur blassen Silhouette des Otaglis. Inzwischen erinnerte nichts mehr an die unwürdigen Zeiten. Aller Schmerz auf menschliche Knochen stoßender Zähne war verglüht, verweht oder - wer weiß? - ätherisch archiviert, in der irdischen Spiralbahn. Ein zivilisiertes, wenig aufregendes Leben war an die Stelle des alten getreten. Eigentlich zu banal, um erwähnenswert zu sein, aber der Menschenfresserei ohne Frage vorzuziehen. Vielmehr wähnte man sich in einer Laubenkolonie voll friedlicher Nachbarn, denen das Dahinflackern der Tage aufregend genug war. Durch die frommen Lehren des Fürchtegott Findl hatte es nach wenigen Jahren keinen Mangel, wenig Krankheiten, keine allgegenwärtige Bedrohung, keine ernsten Streitereien in den Dörfern oder unter den Stämmen mehr gegeben.

Die Vielweiberei der Ranghöchsten war abgeschafft. Man sprach die neue gemeinsame Sprache. Man glaubte an die Dreifaltigkeit und den vom Himmel gekommenen heiligen Sankt Nikolaus. Der Verzehr des letzten Bissen Menschenfleischs lag nun etwa hundert Jahre zurück.

Geld war fremd. Nach Frühstück und Andacht wurde irgendeine Arbeit getan, wie in einem Vereinsgarten, nach dessen Vorbild der Dorfrat dem Vorstand entsprach. In jeder Ansiedlung gab es einen Rat aus drei Männern und drei Frauen, angeführt von einem geistlichen Oberhaupt, dem es oblag, die Erinnerung an den rechten Weg wach zu halten. Glaube musste gestärkt, Heidentum und Aberglaube im Keim geächtet sein. Nie wieder Kannibalismus! Nie wieder Krieg!

Das Ganze hatte sich vorzüglich eingespielt. Ein heiteres, frommes Völkchen saß vor den Hütten oder in Biergärten, aß, trank, rauchte, spielte Karten (Oxnkopp), Knödlbrett oder Fingerhakeln, eben was Findl damals eingeführt hatte, dazu schräge Musik und holpriger Tanz. Oft schaute man einfach in geselliger Runde dem Spiel der Abendsonne auf den zerzausten Gipfeln oder im Winter dem Kaminholz beim Herunterbrennen zu. Dann drehten sich die bedächtigen Gespräche um die Feldfrüchte, den Dungbedarf von Obstbäumen, die Aufzucht von Beutelhunden (Hundn), Beutelpferden (Oxn), Kindern (Rotzign), von Streichen, Krankheiten oder Doktors-Künsten, während die Hunde am Kamin vor sich hin dösten. Zur Unterhaltung gab es Puppenspiele, das gute alte Kasperl-Theater mit den beliebten findlschen Stücken. Die metzelnden Helden der Vorzeit, einst an den Feuern besungen, waren jetzt die Deppen, denen der Hohensteiner Kasperl das sündige Fell gerbte.

Im Frühjahr wurde gepflügt und gesät, wobei angemerkt werden muss, dass das Pflügen härteste Arbeit, um nicht zu sagen ein Fiasko war. Die Herstellung von Pflugscharren, die Findl mit der Schmiedekunst eingeführt hatte, hätte wiedererfunden werden müssen, denn diese Kunst war nach der Aufgabe der Erzgrube am Otaglis schnell eingeschlafen, sodass man sich seit Jahren mit Holzscharren oder schlimmer noch mit Grabstöcken behalf.

In den Dörfern gab es nur noch vereinzelt brauchbare Werkzeuge. Waffen suchte man, bis auf die der jährlich zum Felsendom Pilgernden, vergeblich. Wichtige Werkzeuge wurden leihweise herumgereicht, aber man konnte eigentlich vorhersagen, dass es bald mit ihnen zu Ende war.

Im Sommer wurde gehegt und gejätet, im Herbst geerntet, bearbeitet, eingelagert, Fallholz und Rotpalmenlaub gesammelt.

Im Gegensatz zu ordentlichem Werkzeug gab es eine Menge Feiern: Die Nikolowoche, Weihnachten, Silvester, Dreikönigstag, Fasching, Ostern, Eisheilige und so fort. Das Abschlussfest der Nikolowoche ehrte die Heimkehrer, jene sechs Pfarrersleute und sechsunddreißig Ratsleute, die in alten Stammestrachten durch das gefrorene Sumpfland zum Felsendom gepilgert waren, um dem Großen Häuptling die Ehre zu erweisen, ihm neue Wachstinktur aufzutragen, die Schriften auf Fäulnis zu kontrollieren, verdorbene Opfergaben zu ersetzen.

Ihre bedrohliche Aufmachung war nur dem Brauchtum geschuldet und man tauschte sie gleich nach der Ankunft gegen die neuzeitlichen Krachledernen und Dirndln ein. Dazu war ihnen normaler Weise ein spektakulärer Empfang vorbereitet, nach welchem dann tagelang die Folgen der Besäufnis und der Mischung aus südpazifischem und bayerischem Volkstanz auskuriert werden mussten.

## 2.2

## Der Bart des Nikolo

An diesem Tag endete die Tradition. Der Saal mit den gedeckten Tischen blieb leer, die Speisen wurden kalt. Nach der ersten großen Aufregung drängte sich alles vor dem Dorfpodest, auf dem ein auf zwei entgegengesetzte Kreuze Gebundener in den Gewändern des alten Großen Häuptlings zu bestaunen war. Manche liefen gleich wieder mit gesträubten Haaren weg, andere kreischten wie verrückt. Einige lachten auch spöttisch und man hörte den Verdacht, ein für derlei berüchtigter Ratsmann namens Bertl habe die Anderen zu einem üblen Scherz angestiftet.

Die Sache nahm Pfarrer Franziskus von Trunkenheim in die Hand, ein sanftmütig wirkender Maori-Koloss, der eine gute Figur als Sumo-Ringer gegeben hätte. Er war nicht wie üblich in seine gewaltigen Krachledernen, sondern umgehend ins Zeremonien-Gewand geschlüpft, schob sich durch die Menge wie ein riesiger, bemalter Klotz, bestieg feierlich gemessen das Podest und sprach. Seine Stimme - er war im jugendlichen Stimmbruch hängen geblieben - spottete dabei seiner Statur und brach ihm mehrmals unter der Wucht seiner Verkündung weg. Zwischenrufe von Zweiflern brachten ihn gänzlich aus der Fassung. Schmidt lag auch tatsächlich ohne sichtbare Lebenszeichen da.
Dass der Mitgebrachte ein Anderer als der Nikolo sein könne, ereiferte sich Franziskus dunkelrot angelaufen, sei ganz unmöglich, denn so einer wäre gewiss niemals zum Felsendom gelangt. Das hätte der liebe Herrgott verhindert, selbst wenn jener die

Apokalypse überstanden hätte! Er hätte ihn fressen lassen, bei lebendigem Leib!!! Wer von euch würde es wagen, die Sümpfe allein zu betreten? Sich im Felsendom zu verschanzen, um uns zu gegebener Zeit zu betrügen? Niemand außer uns hat eine Spur im Schnee hinterlassen! Und wer würde es wagen, in die geheiligten Kleider des Großen Häuptlings zu steigen? Es wagen, sich die geheiligte Mütze auf sein - und sei es fortan - sündiges Haupt zu stülpen? - Seht ihr, liebe Brüder und Schwestern! Aber dass dieser hier der wahrhaftig Auferstandene ist, das können alle bezeugen, die er leibhaftig am Felsendom mit segnenden Armen empfangen hat. Amen.

Hier nickten alle Rats- und Pfarrersleute heftig und einvernehmlich und Jasper von Voglheim rief noch herausfordernd, ob etwa jemand ernsthaft behaupten wolle, dass sie, die sechsunddreißig Rats- und sechs Pfarrersleute, allesamt Lügner seien.

Franzl - so nannte man Franziskus - winkte zwei Frauen in schwarzen Kutten vor, die man bis dahin hatte festhalten müssen. Es waren die Schwestern Minna und Marie, die sich hier um Alte und Kranke kümmerten. Es gab keine Orden, keine Klöster, nur hier und da ein paar Männer oder Frauen, die sich zu besonderen Opfern berufen fühlten. Die hiesigen waren mittelalte Jungfern, jetzt hysterisch rotfleckig und zitternd wie Espenlaub, in deren Japsen sich spitze Schreie mischten, nämlich als Franzl ihnen feierlich den Nikolo übertrug.

Dann verschwanden Leute mit Holzscheiten und vollen Eimern in einer Hütte, über der bald Rauch aufquoll. Schmidt, noch immer an die Kreuze gebunden, roch den Rauch und spürte die ekstatische Unruhe, während man ihn wie eine Jagdbeute genau dort hin trug. Endlich löste sich seine Starre und er wand sich panisch in seinen Fesseln, was die Menge aber als Beweis seiner Lebendigkeit mit Freudenschreien bejubelte. Die Nonnen, welche die Träger wie Kinder umtanzten, waren abwechselnd von

Lachen und Weinen geschüttelt. In der Hütte rissen sie ihm die Kleider geradezu vom Leib, nahe daran, es auch mit ihren zu tun, und er konnte es nur schreckenslahm über sich ergehen lassen, nackt in einen dampfenden Zuber gesteckt zu werden, auf dessen Oberfläche bald allerhand Krabbel-Getier erschien. In einem Durcheinander von Gebeten, Gesängen und kopflosem Gebrabbel wurde er eingeseift und abgeschrubbt. Das war alles. Eifersüchtig, als wäre er ihr Besitz, ließen Minna und Marie keinen an ihn heran und manche schüttelten seufzend die Köpfe, wie verrückt das biedere Schwesternpaar sich plötzlich aufführte.

Hernach kam die Dorfschere zum Einsatz. Mit dieser, abgewetzt wie seit Beginn der Menschheit in Gebrauch, rupften sie Schmidts Bart und Haar zu einem den Wandbildern ähnlichen Schnitt. Sein Oberlippenbart wurde gezwackt und gezwirbelt und das entbehrliche Haar zog Franzl mit seligem Lächeln an sich.

Später besah ihn ein kauziges Männlein, das man "Herr Doktor" nannte und das zum Zeichen seiner Würde ein glasloses Monokel und ein uraltes Stethoskop trug. Der inspizierte jeden Quadratzentimeter Schmidts kränklicher Haut, zupfte, piekste, stellte allerhand Fragen, auch wie es denn zu den Narben und Verätzungen an den Händen gekommen sei. Schmidt stand zu all seinen Leiden unter einem schwerem Schock, starrte durch den "Doktor" hindurch und ließ ihn schicksalsergeben Pasten und Püderchen auftragen, während dieser mechanisch vor sich hin nuschelte: "Ähä, ähä, a-joa, a- freili..."

So reglos der Ärmste wie eine Pflanze alles über sich ergehen ließ, so bewegt waren die Gemüter derjenigen, die so lange ohne ihn über die Runden gekommen waren. Der als Schwarzseher unbeliebte Ratsmann Jackl aus Duruma machte in der Versammlung den Anfang: Er habe auf dem Rückweg zwar sein Maul gehalten, um die Stimmung nicht zu verderben, aber Grund zur Freude gäbe es nicht. Findalloah sei - ja was wohl sonst? - erneut der Sünde verfallen und der Nikolo sei auferstanden, um das Volk zu strafen. Er habe immer davor gewarnt und jetzt hätte man den Salat. Man solle nur abwarten, bis er wieder bei Kräften sei. Dann würde aufgeräumt. Es wurde laut im Saal. Die Stimme eines Mannes aus Fladenheim hob sich über den Lärm und ging in ihm unter. Welcher Sünde? Er konnte sich nur vorstellen, dass der gütige Nikolo für neue Werkzeuge sorgen würde. Ansonsten fehle es ja an nichts. Aus dem Gelächter drüber stach das von Minna und Marie vor, die alles besser zu wissen schienen.

In einer anderen Sache gerieten zwei Pfarrersleute in Streit: Kristl von Otaglia und Xaver von Voglheim. Der steinalte Pfarrer zählte solange man denken konnte zu den Schwoarzgoschertn, das heißt: den Zahnlosen. Man konnte dies sogar bei den Voglheimern heraushören, denn die Dumpfheit seiner zahnlosen Predigten hatte sich über die Jahre in ihre Sprache geschlichen. Er, der in Schmidt seinen leiblichen Vater wähnte, war schon auf dem Rückweg mit Kristl von Otaglia aneinandergeraten und nun bestand er stur darauf, dass man diesen umgehend weiter nach Voglheim transportierte. Kristl war sein genaues Gegenteil: Sie war die Jüngste unter den Pfarr- und Ratsleuten und eine seltene Schönheit dazu. Ihr Dorf, Otaglia, war das schmuckeste im Land und Xavers Voglheim das vernachlässigste. Sie galt als echte Enkelin des alten Nikolo, die aber gemäß seines Testaments nicht höher als andere Pfarrleute gestellt war.
"Du wuiist eahm mitneahma? Du hoast eahm jo fast tot g'druckt, grad wo a naus kimmen is!", warf sie Xaver die Umklammerung vor, nach der ihr vermeintlicher Großvater nicht mehr auf die Beine gekommen war.
"Naa, i ned!", wehrte Xaver sich, "Du hoast ihm joa fast umbracht middn Dreck aus dei'm Rotzikocha! Und die faichte Seelucht tu-

ad eahm aa ned guad!"

Dass der See nicht feucht, sondern zugefroren und dass der Halbtote auf dem beschwerlichen Weg nach Voglheim sterben könnte, war ihm trotzdem nicht beizubringen.

"Obba i bin sei Enkelin! Mei Mutterl is sei Tochter, obba du ned sei Sohn! I entscheid: ea braucht sei Rua und drum bleibt ea hier!"

Die Schlacht war eröffnet.

"Woas bin i ned?!"

"A Sohn vom Nikolo, des koannst goa ned sein!"

"Des nimmst ruck-zuck z'ruck! Hoast mi?!"

Xaver galt trotz einiger Ähnlichkeiten nicht als Sohn des Niko-lo, obwohl er es, unter uns gesagt, natürlich war. Er galt als ein Rezeptur-Gezeugter, als Sohn eines toten Mannes, dessen Witwe ihn durch eine heilige Magie des Nikolo nachträglich empfangen haben sollte.

Kristl warnte Xaver. Wenn er behaupte, ein echter Sohn des Nikolo zu sein, behaupte er damit, dass der Heilige Mann es hundsgemein außerhalb der Ehe getrieben hätte, was hinter vor-gehaltener Hand verraten natürlich der Wahrheit entsprach.

"Hoid's Schandmau!!! *Sakralujanorramoi*!!!", ging Xaver auf sie los.

"Da schaugt's!!! Recht hoab i !!!", sprang Kristl triumphierend auf. "Sowoas Deppertes koann doh mei Oheim ned sein!!!"

Vier Männer waren nötig, die Streithähne auf ihren Plätzen zu halten. Bevor sie sich nochmal an die Hälse gingen, stimmte man nach guter Sitte ab. Aber Xaver erhielt nur die Stimmen des Voglheimer Rats. Der magere Zwerg sank zusammen, dass kaum etwas von ihm blieb.

"Ei schau, Bruder", umschloss da Franziskus' Hand seine Schul-ter, "sei ned drahrig. I hoab do woas für di." - Er holte treuherzig lächelnd ein Leinensäckchen vor: "Des is mia von allerhöchstem

Wert, oaber ois Bruder im Herrn wuii i's dia schenga."

Xaver schaute hinein: "Woas is etz des fia an Tobak?"

"Naa, a Stückerl Bart vum Nikolo!", strahlte Franziskus wohltätig.

Das könne er in dea Pfeiff raacha, ließ Xaver ihn damit stehen.

Mit den anderen Rats- und Pfarrersleuten zog er nach ein paar Tagen ab und brachte die Nachricht vom himmlischen Wunder schon gleich unter Missklängen ins Land.

In Trunkenheim machte man sich daran, die etwas vernachlässigte Gedächtnishütte wieder aufzufrischen. Auch die alte Latrine hinter der Schlafkammer wurde endlich geleert und das lehmartige Zeug von Franzl als Wunderdung in den Kapellgarten geschleppt.

## 2.3

## Wann's Oarscherl brummt

Obwohl Franzl ihn am liebsten selbst aufgenommen hätte, ließ er den lieben Nikolo aus familiären Gründen bei den verrückten Nonnen, die auch nichts lieber taten, als ihn zu ihrer übrigen Plackerei zu umsorgen. Sie hätten ihre gewohnten Dienste im Dorf auch einstellen können, aber sie bleiben dabei, damit er Zeuge ihrer Selbstlosigkeit werde.

Wie in allen Häusern, war auch in ihrem kaum eine Handbreit an den Wänden frei von Ikonen, Schnitzereien oder Lehmfigürchen des Selbigen, die die Bewohner in vielen Jahren teils aus reiner Gewohnheit produziert hatten, doch nicht so hier, wo in jedem Stück eine maßlose Verehrung steckte. Vollends erdrückend wurde es durch die kreuz und quer aufgehängte Kochwäsche von Alten und Kranken und die unzähligen Putztücher, in die sämtlichst das Konterfei des Heilsbringers gestickt war. Unter ihrem feuchten Dunst dämmerte der schwer kranke Schmidt fast einen Monat lang dahin.

Er wusste bis dahin noch immer nicht wer er wirklich war und es fragte selbstverständlich niemand danach, denn der Fall war für alle sonnenklar. Er lag nur stumm da, rot-weiß bemäntelt und bemützt, auf dem provisorischen Bett, starrte die Lappen und schlecht gewaschenen Lumpen an, wenn er nicht zusammengerollt schlief. Und die Nonnen lächelten selig verzückt, wenn sie ihn darauf betrachten konnten.

In den ersten Tagen war er so weit gekräftigt worden, dass er selbstständig essen und die paar Schritte zur Latrine machen konnte. Damit waren seine Fortschritte erst mal besiegelt.

Die Beiden hätten ihn - naheliegend - über Himmel und Hölle ausfragen können, aber sofern sie mit ihm sprachen, lagen sie ihm nur in den Ohren, ob ihm denn ihre Bildlein und all die lieben Brieflein gefallen hätten, die sie ihm seit Jahren hatten mitbringen lassen. Weil er aber weder ihr Bayerisch mit polynesischem Akzent noch sonst-was verstand, schwieg er sich mit gefurchter Stirn aus. Er hatte ja wochenlang nur von Schnee und Weinbrand gelebt und befand sich, zu seiner Schwäche und seinem Erinnerungsverlust, unter einem schweren Schock, seit sie ihn in den Zuber gesteckt hatten.


Ab und zu kümmerte sich auch Mutter Guste um ihn. Sie war ein dürres, weißhaariges Weib mit dicker, roter Nase, das selbst hier, wo man als nüchtern galt, solange man noch auf zwei Beinen stehen konnte, einen gefährlichen Hang zum Conaki hatte. Bis zum bitteren Ende war sie vor Jahren Pfarrerin von Trunkenheim gewesen. Danach hatte sie noch eine Zeitlang wirre Predigten vor leeren Bänken gehalten, Geister, Engel und weiße Mäuse gesehen und wurde nun von ihren Töchtern versorgt, was sie - sofern nüchtern - mit ein wenig Hausarbeit abgolt. Wenn nun die Beiden im Dorf tätig waren, nutzte sie die Gelegenheit und holte ihren aus spezieller Quelle stammenden Conaki aus dem Versteck, goss ihm g'scheit davon ein und erreichte damit, dass Schmidt grunzen vom Lager kroch, zu ihrem Händeklatschen mit einem Fuß aufstampfte und sich stammelnd gegen den Kopf schlug.

Die Alte stellte dann ihre vordringlichsten Fragen: "He, Oida, ois d' im Himmi warst, hoast d' do ned mein Mo g'sehn? Odda is ea zum Deifi g'foarn?" - Dann brachte Schmidt unter größten Anstrengungen einen dem Wort "Nikolaus" ähnlichen Laut heraus. Franzl, der die Wiederkehr der guten alten Zeit des Großen Häuptlings kaum erwarten konnte, kam häufig vorbeischauen und sah nur zu gern einen Fortschritt darin.

Nur Minna und Marie waren entsetzt, wenn sie die Alte dabei erwischten: "Um Gott's Wuiin..., hoast d'eahm etwa b'suffa g'macht?!"

"Freili, sonz soagt ea jo nix."

"Depperte Oarschl! Hoast d' etwa scho wiar mit eahm orakelt? Du sollst ned mit eahm orakeln! Des is a Sünd!"

"Naa, ea muss des fei saufen. Des gibt eahm sei G'dächnis z'ruck. Da! Hörts suibs!" - Guste klatschte in die Hände, Schmidt begann wieder, sich Ohrfeigen zu verpassen und "Nikolaus, Nikolaus" oder auch "Dickolauff" zu schnaufen. Minna und Marie bekamen den nächsten Schrecken, zogen die Alte weg, knieten vor ihm nieder, rangen entsetzt die Hände und beschworen ihn: "Oh, Nikolo, Großer Häuptling, dei Noame is Niko-Lo. Lo, un ned Laus! Mei, woas moachst denn du für G'schichtn?" - Sie legten größten Wert darauf, dass er der echte, wahre Nikolo war. Das Wort "Nikolaus" klang in ihren Ohren albern.

Darüber hinaus gab es in diesen Tagen noch nichts Bemerkenswertes, außer vielleicht, dass ihm Gustes Kochkünste schlecht bekamen. Das Schlimmste waren sogenannte Bankiva-Scheiben, eine feurige vegetarische Rezeptur aus Findls Kochbuch, hergestellt aus Mehlgummi, Eiklar, scharfen Gewürzen und ein paar sonstigen pikanten Zutaten, die er mit großer Leidenschaft verschlang.

"Guad kocht un guad Bissn is hoibert scho g'schissn!", mahnte Guste ihn vergeblich zu gründlichem Kauen. Anfangs entfuhren ihm die mächtigen Winde unbewusst im Schlaf. Später hieb er nach jeder Entladung mit der Faust ins Bettzeug und bellte schneidig: "Hoi! Hoi! Hoi! Haut se alle kaputt!" - Dies war

Schmidts erster vollständiger Satz in Findalloah gewesen. Guste riss in heller Freude die Tür auf und jodelte: "Da schau! Wann's Oarscherl brummt, ist's Herzerl g'sund!"

2.4

Die Gedächtnishütte

Im Februar 1911 war dem erinnerungslosen Joseph Schmidt die Gedächtnishütte des Missionars Fürchtegott Findl bewohnbar gemacht. In den Wohnraum, dessen Wände man mit einer beinah geschlossenen Schicht von nachgebildeten Äpfeln, Nüssen, Mandelkernen, Tannenzapfen, Engeln, Nikolo-Figürchen und Ähnlichem dekoriert hatte, war nachträglich ein riesiger Christbaum gezwängt. Es war ein Fachwerkhaus samt Hof und Garten, das ihm, auch wenn es dem Auge weh tat, mit seinen weißen Balken und roten Füllungen alle Ehre machte. Es bot ihm Wohnstube, Kamin, Kochstelle, Schlafraum und einen Dachboden.
Es hatte große helle Fenster, wie üblich an Stelle von Glas zweifach mit Wachstuch bespannt, sodass man von der Außenwelt immerhin gelbliche Schemen sah. Der derbe Fußboden im Parterre bestand aus stehenden Rundhölzern, deren Lücken mit dünneren Hölzern gestopft waren und stammte aus Tagen, da die Sägen noch scharf waren. Darüber waren teils grobe Flickerl, ein paar Matten, Felle, Sitz- und Liegepolster verteilt. Es gab roh gehauene Schränke mit naiv aufgemalten Nikolo-Portraits, Regale, einen Schreibtisch, einen Thronsessel, einen Altar mit aufgeschlagener Bibel, Kruzifix und nikoloförmigem Wachsgegenstand mit einem Docht in der Mütze.
Das Dach war mit roten Schindeln gedeckt, die man vom Schnee befreit hielt. Mit wulstigen weißen Kanten und der gekälkten Strohkugel obenauf glich es von der Seite nicht zufällig einer

Zipfelmütze. Für die Findalloahner hatte dies aber nichts Belustigendes. Das rot-weiße Zipferl galt als erhabenes Symbol, wie andernorts der bischöfliche, rot-goldene Rabenschnabel. Darunter wohnte der alte Berliner Junge unbezweifelt als der leibhaftige, der auferstandene Sankt Nikolo. Vornehmlich bewohnte er aber hinter geschlossenen Schlagläden das von Findl gebaute bayerische Bauernbett. Es war warm und weich und der Rest ihm vollkommen egal.

Beim Einzug hatte Franzl Schmidt alles gezeigt und war anschließend mit ihm auf den Dachboden gestiegen, was auf sich biegenden Dielen eine gefährliche Partie war. Dort oben standen mehrere alte, fein bearbeitete Truhen mit filigran geschnitzten Portraits des Heilsbringers, gemacht in Tagen, da in den hölzernen Heften noch eiserne Klingen staken. Sie gaben der Gedächtnishütte den eigentlichen Sinn. Sie enthielten einen noch größeren Teil von Findls Nachlass als der Felsendom. Es gab genaue Anweisungen, Ur-Schriften, wie man ein Dorf leitet und Freundschaft zu anderen Dörfern pflegt. Es gab Anleitungen zum Spinnen, Weben, Backen, Brauen - kurzum: zu allen Dingen des täglichen Lebens. Es war festgelegt, welches Dorf worauf spezialisiert sein sollte und es es gab Vorschriften für den Tauschhandel. Es gab Erläuterungen zur Bibel, Predigttexte wider Kannibalismus, Vielweiberei, Unzucht, Inzucht und Krieg im Allgemeinen. Es gab eindringliche Warnungen, das Erzschmelzen nicht zu verlernen, denn ohne Eisen keine Pflüge und ohne Pflüge kein Brot, sondern wieder Menschenfleisch. Dabei gipfelte alles zur Untermauerung in der Behauptung, dies sei das Erbe der Menschheit, denn die Apokalypse des Johannes habe den Rest der Welt schon heimgesucht, und nur das Volk von Findalloah wolle der Herr verschonen, weil es noch nie von ihm gehört habe. Aber nur, falls es der Sünde entsage, sich zum Vater, zum Sohn, zum Heiligen Geist und zu seiner Wenigkeit bekenne.

Außer Nikolaus-Legenden, Findls Abenteuern, Kasperl-Geschichten und Grimmschen Märchen, waren auch Worte zu den Werken von Schiller, Goethe, Fichte, Hegel oder Kant zu finden. Diese sollten, hieß es, erst einmal wie Humboldt Gottes weite Welt erkunden, ehe sie die Federn spreizten. Eine gespreizte Neuerzählung der Tell-Sage sowie Entwürfe einer Komischen Oper über die Muselmanen vor Wien, die in der Apokalypse endete, rundeten die Sammlung ab. Zu „Findls Abenteuern" zählte auch die Geschichte der *Liebenden von den Hängenden Felsen*, die Schmidt bald kennen lernen sollte.

Eine der Truhen enthielt Reste eines durch Wurmfraß zerfallenen, großen Korbs, eine andere einen Haufen Stricke und einen Ballen roter Seide: angeblich Reste des Vehikels, mit dem Findl vom Himmel gekommen war. Franzl stutzte als er die Truhe geöffnet hatte, um Schmidt zu zeigen, dass noch alles wohlverwahrt war. Irgendwer hatte den seit Findls Tod sorgsam gewickelten Ballen geöffnet. Franzl konnte sich keinen Reim darauf machen und Schmidt störte es nicht. Schmidt war weit davon entfernt, Interesse für die Truhen, geschweige ihren Lesestoff aufzubringen. Stand er ausnahmsweise auf, endete er nicht etwa auf dem Dachboden, um sich auf Franzls Rat mit seinem Vorleben zu beschäftigen, sondern vielmehr mit einer großen Kaverya (einem Punsch aus Kaffee mit Honig und viel Conaki aus Gustes Vorrat) vorm Kamin, wo er - obligatorisch rauchend - dumpf ins Feuer schaute. Wenn er fror, weil man mit dem Brennmaterial nicht schnell genug nachkam, fütterte er es, große Löcher aufreißend, mit den Rundhölzern des Fußbodens, die man schuldbewusst nachstopfte.

Niemand kam auf die Idee, seine Marotten zu kritisieren und er selbst hielt jede Art von Dienstbarkeit für völlig naturgegeben. Etwa seine Tagesration an gestopften Pfeifen mit Konterfei und Deckelmützchen, die auf dem Sims bereit stand. Er beschwerte

sich nicht bei ihrem Ausbleiben, blieb aber nach Unregelmäßig-
keiten ganze Tage wie aus Trotz im Bett. So tat er nichts als da
zu sein und es den Findalloahnern zu überlassen, was sie mit
seiner Existenz anfingen.

2.5

Gästescharen

Insbesondere weigerte Schmidt sich strikt das Bett zu verlassen, als er die anschwellende Unruhe spürte. Alle Dorfräte, alle Pfarrersleute und zunächst nur etwa hundert ausgewählte Gäste, letztlich aber alle Geh-, Reit - und Tragfähigen, hatten sich planlos bei Eis und Schnee nach Trunkenheim aufgemacht, um die Auferstehung des "Großen Häuptlings" zu feiern, sodass die winterliche Stille eines Tages von tausendfachem Geplapper und Geklapper gestört war. Darunter waren etliche alte Schwarzmäuler, die das Original als Kinder noch vor seiner Einbalsamierung erlebt hatten. Dass der Irrtum aber durch sie aufgeflogen wäre, war sehr unwahrscheinlich. Dem beugten all jene unzähligen Malereien, Holzschnitte, Tonfigürchen und Püppchen vor, die sich mit den Jahren in jeder Hütte gehäuft und sich in jedes Auge eingebrannt hatten. Das Motiv des Nikolo war auf Bettlaken, Vorhängen, Tischtüchern, Kleidungsstücken, Pfeifenköpfen und so weiter derart allgegenwärtig, dass es eine feste Wirklichkeit erschuf, in die jedes Kind hinein gewachsen war.
Man hätte den See mit all dem Gefrömmsel füllen können, dessen grobem Bild Schmidt ausreichend ähnlich sah: Rauschebart, blaue Augen, spitze Nase, helle Haut, und um die letzten Zweifel zu zerstreuen trug er - und nur er! - die original Findlsche Bommelmütz wie eine angewachsene Erweiterung des erlauchten Haupts auf dem Selben. Das war er, konnte nur er und kein Anderer sein.

Der Gedanke, dass etwas Schlichteres als ein himmlisches Wunder geschehen sein, der Gepriesene etwa den Tatsachen gemäß aus einem anderen Teil der Welt hier gestrandet sein könnte, war wegen Findls unzweifelhaftem Zeugnis der Apokalypse ausgeschlossen. Und über die erklärungsbedürftige Uniform und die Regiments-Stiefel hatte Franzl einleuchtend verbreiten können, dass sich die alten Mumien-Bandagen eben wundersamer Weise in dieses seltsame „Gehüll" verwandelt hätten. So war alles eine runde, wasserdichte Sache. Zweifler konnten nur vom Teufel in die Irre gelenkt sein.

Während das Objekt der Verehrung also sich inniger denn je mit seinem Bett verband, riss die Lawine der Neugierigen nicht ab. Alle konnten nicht unter den Dächern Trunkenheims unterkommen, also belagerte die nachrückende Menge das Dorf teils in Zelten, teils in Schneehucken und streunte Brennholz klaubend durch die Gegend.

Tagelange Windstille ließ den Rauch von über tausend Feuern in der Umgebung stehen, was zu einer Plage wurde. Es kam noch besser: Während die Rats- und Pfarrersleute alle Jahre in schönster Einigkeit zum Felsendom gezogen waren, waren jetzt nach und nach die unterschiedlichsten Temperamente aufeinander gestoßen. Alle lagerten wo und wie sie gerade ankamen, wobei gleich deutlich wurde, wie sinnvoll es gewesen wäre, jedem Dorf ein eigenes Terrain abzustecken. Schnell uferten kleine Reibereien zu tiefschürfenden Beschuldigungen aus, die ihren Zündstoff aus der Kannibalen-Zeit bezogen. Nächtliches Gegröle, umgeworfene Bienenkörbe, verwüstetes Wintergemüse und Ähnliches brachte die Gastgeber zur Verzweiflung. Die abgelegenen Schuppen wurden durchwühlt, alte Frauen rangen weinend die Hände, als sie plötzlich Kleidungsstücke ihrer Verstorbenen an den Leibern von Fremden sahen. Zäune wurden niedergetrampelt und verheizt.
Mitgebrachte Beutelpferde und -hunde irrten herrenlos durch die Gegend. Ein durchgegangenes Tier aus dem Bestand der

Trunkenheimer musste angeblich zwingend getötet werden und fand sich bei den Gästen am Spieß wieder. Als der Besitzer davon erfuhr, schrie er wie am Selbigen nach Vergeltung.

Den Trunkenheimern ging auch ein absurdes Gerede der Voglheimer gegen den Strich, das sich wie ein Schwelbrand verbreitete. Die, die zum ersten Mal in solchen recht ordentlichen Häusern zu Gast waren, mokierten sich, dass dieser Wohlstand unverdient sei. Er sei nämlich nur dem zufälligen Segen des Nikolo zu verdanken. Wie das anginge? Den hätte er natürlich in all den Jahren vom nahen Felsendom her gespendet und würde seine heilige Kraft nun, zu Bette liegend, erst recht um sich herum verbreiten, so wie die Sonne die Gerechten und die Ungerechten wärmt. Aber nur die Trunkenheimer und die Wantuxi drüben hätten bisher, grundlos begnadet durch den Ort ihrer Geburt, den Nutzen davon gehabt. Es wäre wohl gerecht und überfällig, den Nikolo nun nach Voglheim zu schaffen, ungeachtet der Tatsache, dass das benachbarte Otaglia allein durch den Fleiß seiner Bewohner das Schmuckstück aller Dörfer war.

Zu allem Übel hatte das lustige Völkchen wenig zu Beißen, aber viel Conaki mitgebracht. Xavers Ziehsohn Jasper hatte die Sauferei der Halbstarken dann noch brisanter gemacht, indem er sie zu einem dem Haka ähnlichen Kampftanz verleitet hatte. Hieraus waren mehr angeschlagene Trunkenheimer und Otaglier als Voglheimer hervorgegangen, was Jasper als Genugtuung für die Behandlung seines Ziehvaters und die Vorenthaltung des Nikolo verbuchte.
Zudem wurde die Gedächtnishütte von Scharen Verzweifelter, vor allem Kranker belagert, die "Heile uns!" und "Segne uns!" riefen. Unter den Altersschwachen hatte es ein paar Tote und bei den Schwangeren ein paar Geburten im Schnee gegeben, für die man gleichfalls Trost und Segen forderte. B'sufferte schlugen gegen die Wände, brüllten Unverschämtheiten wie "Faulenzer"

und "oida Sauknochen". Andere vertrieben sie mit Heugabeln und Dreschflegeln.

Indessen dachte Schmidt im Traum nicht daran, sich dem Volk zu zeigen, blieb umso entschlossener im Bett wie die Maus im Loch, je mehr Krach man draußen schlug.

Draußen liefen die Rats- und Pfarrersleute wie kopflose Hühner umher und versuchten allerorts zu schlichten, waren aber uneinig bezüglich der Vergeltungsmaßnahmen.

Erst durch ein Gerücht von Ratsmann Jackl aus Duruma traten ein paar Hundert den Heimweg an, wodurch die Lage sich entspannte. Er hatte verbreitet, dass Plünderungen in den weitgehend verlassenen Dörfern nicht auszuschließen wären. Erst als Franzl daraus schloss, dass die Auferstehung an Interesse verlor, zog er entsetzt alle Rats-und Pfarrleute zusammen. Jetzt müsse man endlich durchgreifen! Am Besten so, wie der Nikolo es damals auch gemacht hätte.

Sein wütender Vorschlag war, Aufrührer und Unruhestifter hinterwärts in eine Art Joch zu spannen und ihnen den nackten Hintern mit der Rute zu bläuen. Vor aller Augen, auf dem Dorfpodest verstand sich. Dies sollte der athletische Alois als Nikolo verkleidet tun, ein Kerl mit Händen wie Schraubstöcke, dieweil der echte Nikolo sich in den Federn schonen mochte. Das war so bestechend, dass selbst die Hände von Jasper und Xaver in die Luft geflogen waren, um unter heiterem Gebrüll auf die Oberschenkel zu klatschen. Jackl misstraute dem Vorschlag, dass er gegen ihn ginge und verteidigte sich, er habe immerhin eine Beruhigung erreicht, in dem er die Unwürdigsten nach Hause geschickt hätte. Man solle nicht ihn, sondern diese Leute mal bei Gelegenheit genauer betrachten.

Die Trunkenheimer Ratsfrau Elisabeth blieb dazu stumm. Sie war erst kürzlich für eine abgetretene Genossin nachgerückt, war schlank, fast durchscheinend, hatte ein langes fahles Gesicht und langes, auffallend splissiges Haar, trug niemals Schmuck, verbat es sich, Elli genannt zu werden, trank weder Conaki noch aß sie Schinken oder Ei. Wenigstens war sie Mensch genug um zu rauchen, wenn auch nur eine tabaklose Mixtur aus ihrem Kräuterbeet.

Mit ihr war eine seltsame Kühle eingezogen. Es war meist schwierig, hinter den Sinn ihrer schulmeisternden Andeutungen zu kommen. Wenn sie etwas in wenigen Worten andeutete, steckten dahinter immer Begründungen, die sich endlos in immer weitere Begründungen verästelten, oftmals widersprüchlich, scheinbar nie ein klares Ja, nie ein klares Nein, immer aber auf seltsame Weise unangenehm für den, der sie herausgefordert hatte. Davon sehr beeindruckt, hatten die Dörfler sie in den Rat gewählt. Jedenfalls hatte sie noch nie laut gelacht und tat es auch jetzt nicht.

Nach der Sitzung mit Franzl allein, bedachte sie ihn nur mit ihrem langen, eigentümlichen Blick, worauf er angeschlagen fragte, was sie denn denke. Ob man den Nikolo vielleicht gegen seinen Willen aus dem Bett zerren sollte. Er würde es vielleicht später gutheißen, wenn er seine Sinne wieder beisammen hätte.

"Ha! Und i hoab scho denkt, i bin Lucht fia aich. I soag dia nur oans: Die Leit hoam ned g'nuag zum Essn", deutete Elisabeth statt einer Antwort an.

Franzl kräuselte die Stirn. Was konnte er dafür?

"Denk oan die fünf Brod un zwoa Fischn", half sie ihm auf die Sprünge.

"Des langt fei ned...", seufzte der Pfarrer.

"Wenn man ned wuii, langt's fei nimmer. Trotz guad g'füllter Vorratshauseln."

Franzl war skeptisch. Man könnte bei zuviel Großzügigkeit später selbst in Not geraten.

Elisabeth sagte, das würde man nicht. Was hier gegessen würde, bliebe ja in den anderen Dörfern gespart. Man brauchte es später nur zurück zu verlangen. Ebenso warme Kleidung. Diese Luftverpestung durch die vielen Feuer wären nicht nötig.

"Und vergiss ned, dess du dea Pfarrer bist."

"Weshuib ned?"

Sie sah Franzl listig an. Er war noch von ihrem wässrigen Blick verwirrt, der vorher ständig zur Decke gestiegen war, um dann wie eine Fliegenklatsche auf ihm zu landen. Man müsse beten, zerschnitt ihre dünne Stimme die Luft. Gott wisse zwar, was die Menschen brauchten, aber er wolle auch sehen, dass sie es wirklich begehrten. Alle Wartenden müssten täglich gemeinsam beten, dass Gott sich des armen Nikolo erbarme und ihn zu den anstehenden Feiern stärke. Dafür zu sorgen, sei des Pfarrers bisher versäumte Angelegenheit.

"Feiern?", staunte Franzl.

"Mehrzoi. Hoab i g'soagt", sagte Elisabeth. "Hoast noh a Froagn?"

"Naa, grad ned...", winkte er, um Beiläufigkeit bemüht, ab, und Elisabeth - obwohl noch einen Haufen Schwierigkeiten vorausssehend - zog es vor, ihre Überlegungen für sich zu behalten.

Von seiner Rohheit beschämt, ließ Franzl die Aufrührer hierauf weder verdreschen noch tadeln, nicht einmal leise ermahnen, sondern quartierte einen weiteren Teil in die warmen Stuben der Trunkenheimer ein, bis man dort im Stehen hätte Schlafen können. Elisabeth bedauerte, dass sie niemanden aufnehmen konnte, denn sie brauchte jetzt unbedingt Ruhe, um über weitere Abhilfe der Notlage nach zu denken.

"Naa, Franzl, des verkraft i grad ned! I bin aa bloß a Määänsch...", drückte sie ihm mit schwacher Stimme die Tür vor der Nase zu, als er mit ein paar frierenden Gestalten bei ihr angeklopft hatte.

Drei Tage später bot sie an, zusammen mit Hannerl und Vroni

Puppenspieler und Musikanten aufzutreiben oder selbst etwas vorzuspielen, um der ungeduldigen Menge die Zeit zu verkürzen. Das erwies sich zuletzt als noch langweiliger als gar nichts, summierte sich nur unter Buh-Rufen zu den vorhandenen Unruhen.

Elisabeth zog sich verschnupft zurück, und Xaver, Jasper, Jackl und viele Ungenannte sorgten weiter - wie Sauerteig - für Gärung.

## 2.6

## Nikolo wird gefeiert

Letztlich trug man den sturen Faulenzer einfach auf seinem Stuben-Thron in den Festsaal, zumal man meinte, es sei nun genug gebetet und er ausreichend gestärkt. Er sollte nichts weiter tun, als Tüten mit Leckereien an Kinder austeilen sowie auf versteckte Zeichen mit einem Bündel dürrer Zweige drohen oder mit dem blank gebürsteten Dorfglöckchen läuten. Soviel, hoffte man, dürfte dem Großen Gabenbringer wohl zuzumuten sein. Aber dann schrie er doch gleich vor Angst auf als er Alois in der Schauerkluft des Krampus[1] samt seinen zwölf Kramperln sah, die als Mangadauren verkleidet, mit schaurigem Gebrüll herum tobten. Damals hatte der Nikolo dem Inselvolk bewiesen, dass die grässlichen Wesen harmlos waren, und nun fürchtete er sich schon vor solch lächerlichen Nachbildungen.
Xaver war sicher, dass die Trunkenheimer ihn völlig umgekrempelt hatten. Seinen Augen entging nichts.

Nun sollte - um einiges größer als sonst - das traditionelle Programm folgen. Im randvollen Festsaal standen die Kinder aus den Dorfschaften bereit. Jedes einzelne sang artig ein Lied, sagte ein Gedicht auf, sprach einen langen, Schmidt als unsinniges Gebrabbel erscheinenden Text, in dem die Großtaten Findls als die Seinen gerühmt wurden, und endete mit dem Vaterunser.

---

[1] Knecht Ruprecht

Ein wenig ahnte Schmidt, was man erwartete. Er lächelte mild, antwortete - wenn auch nur leise - mit bemitleidenswerten Lauten, überreichte zitternd die Tüten, drohte je nach Eingebung müde mit der Rute oder stupste das eine oder andere Kind freundlich an und läutete das Glöckchen. Der Krampus richtete ihn mehrmals auf und ermahnte die Kinder grantig, lauter zu sprechen.

Sehr bald war Franzl in Schweiß gebadet. Endlich begriff er die Andeutung Elisabeths. Der Festsaal fasste ja nur hundertvierzig Leute. Aber um allen da draußen gerecht zu werden, mussten noch zwanzig bis dreißig Feiern abgehalten werden. Ihm kam der furchtbare Gedanke, dass es ein Fehler war, den Nikolo aus dem Bett zu zerren, da dieser an dem ganzen Rummel sterben könnte, und plötzlich stellte er fest, dass der Ärmste tatsächlich seltsam reglos dasaß. Minna und Marie starrten ihn mit klappernden Zähnen an, ehe sie grell aufschrien.

"Etz is ea von uns ganga", bekreuzigte sich der Sepp. In diesem Moment blinzelte der Totgeglaubte, worauf der Doktor aufhörte, mit seinem Stethoskop herumzuwurschteln.

"Schmarrn! Dea schloaft bloß. Bringts eahm sei Pfeiff!", befahl Pfarrerin Kristl von Otaglia.

"Un oan Conaki!", hüpfte die alte Guste hinzu, die fast immer mit ihrer "Medizin", in Schmidts Nähe ein Schattendasein führte.

Xaver fuhr wie der Teufel dazwischen: "Naa! Die Pratzn weg! Dea is scho ganz bläd von aierm Dreckszaich! Und die faichte Seelucht, die tuad eahm goa ned guad!"

Man stieß stattdessen Xaver weg wie einen räudigen Hund, versorgte Schmidt mit zügig Tabak und Alkohol.

Zu jedermanns Begeisterung stemmte er sich bald aus dem Thron, begann sich aber im Kreis zu drehen wie ein Zirkusbär, verpasste sich ein paar „Watschen", schwang die Glocke und skandierte plötzlich höchst befremdlich: "Tragt die Toten heraus..., oh, trrrraget die To-hoten herrraus!"

Blicke flogen, ob irgendwo Tote lägen. Nein, der Nikolo konnte nicht bei Verstand sein. Alle lebten noch. Wieder und wieder rief er die schlimmen Worte und schlug sich dabei. Bevor ihm die Mütze herunterfiel, trugen die Nonnen ihren armen Nickl hinaus.

Hatte er sich vielleicht selbst gemeint? Hielt er sich für tot?

Der Saal war still geworden. Franzl zitterten die Knie. Dann vernahm man Elisabeth. Wer, dachte er, wenn nicht sie, war in der Lage, dem Gebaren des Nikolo einen Sinn zu geben?

Sie rief mit dünner, hoher Wimmerstimme: "Dea Nikolo hoat Recht! Tragts die Toten aus oan Seelen! Schmeißts oan geist'gen Kehricht raus! Werdet zu neuen Menschen in oana neuen ..." - Der Rest ging betrüblicher Weise unter.

"Ihr moachts mein oarmen Voater zum Deppn!", wetterte der alte Xaver.

"Des is dei Voater? Dea kennt di net un dea moag di aa net!", lachte Alois.

"Dea moag mi ned? Oh, des bist fei nur du in Schuid!", feuerte Xaver wütend zurück.

"Ha! Woas bin i? Ei wart, dia wead i's zeign!"

"Mei Voattr, dea wirds DIR zeign!!! Hund!!! Heide!!! Kannibuii!!!!"

Elisabeths eingreifende Worte gingen ebenfalls unter und das Unglück nahm seinen Lauf: Alois nahm Xaver in den Schwitzkasten, um zu verhindern, dass er dem Nikolo mit lautem Vater-Vater-Geplärr folgte.

Als Minna und Marie zurückkehrten, tobte der ganze Saal. Elisabeth wurde gerade schluchzend hinaus gestützt, ganz außer sich über einen Hieb aus der Menge auf den mageren Hintern. Pfarrerin Kristl kreischte, Pfarrer Xaver konterte dumpf röhrend. Heftig wurde debattiert, ob denn ein Rezeptur-Gezeugter wie

Xaver den Nikolo Vater nennen dürfe. Minna und Marie fielen mit Vorwürfen über Franzl her, was er mit dieser schrecklichen Feier angerichtet habe und er solle die Gaffer, Pöbler und Neidhammel endlich nach Hause schicken. Von dem Aufruhr hatten sie nur Bruchstücke aufgeschnappt, aber sie mischten gleich mit. Minna kreischte, Kristl solle bloß ihr dickes Froschmaul halten! Die Rezeptur-Gezeugten des Nikolo wären die wahrhaftigen Kinder des Himmels! Nur Jungfrauen könnten sie empfangen wie einst Maria den Christus. Sie verschluckte sich noch gerade rechtzeitig, um nicht ihr und Maries Geheimnis in der hitzigen Stimmung zu lüften. Indessen sprang Xaver triumphierend auf und schrie, umso besser, dann sei ja er wohl Gottes Sohn.

Ein Aufschrei! Gotteslästerer! Niemals sei seine Mutter Jungfrau gewesen! Ein Schuh flog. Jasper stellte sich vor seinen Ziehvater und bekam den nächsten an den Kopf. In der Wut brach er das Tabu und zog gekonnt die Kriegsfratze der alten Kannibalen, was allerorts geächtet war. Er schlug sich auf Oberarme und Schenkel. "Wann 's aich ned passt", würgte er unter der Grimasse hervor, "do schlaichts aich zua Höll'n!!!"

Hiervon getroffen, schäumte Franzl über wie ein Milchtopf. Sein breites Gesicht, sonst weich, fast faultierhaft unter dem gerade geschnittenen Stirnhaar, geriet ins Beben. Am Hinterkopf entsprang ihm eine Art wilder Pferdemähne, die er seit der Jugend peinlichst geschnürt unterm Kragen trug. Es war jene Haartracht mit der sich die alten Kannibalen-Krieger beim Tanz aufgeplustert hatten, und bei aller Frömmigkeit war Franzl nie das Gefühl los geworden, er könne so einen „verstunkenen Buschel" vielleicht einmal gebrauchen. Seine milden Züge verquollen zu einer dunkelroten Masse, in der die Augen verschwanden. Ja, die dünne Decke der Kultur war gerissen. Er zerrte den geschnürten Strang hervor. Er löste ihn, bauschte ihn zu aller Entsetzen zu einer dämonischen Monstranz auf und brüllte zurück: "Nix doa!!! 'S reicht!!! Mir san mir!!! IHR schleichts etz AICH!!!"

Jasper stemmte seinen Ziehvater auf die Beine. Franzl kam au genblicklich zur Raison: "Verzeihts, i hoab's ned so g'meint!!!", rief er entsetzt über sich.

"G'soagt is g'soagt!", giftete Xaver. "Ihr seid's noh imma die oidn Kannibuiin!"

"Um Gottes Wuiin! Loassts uns reden!", flehte Franzl mit Tränen in den Augen.

"Nix doa! 'S is ois g'soagt!", befand Jasper.

Alois und die volltrunkenen Kramperln rückten indessen aus Jux unter wilden Kriegsgebärden vor und drängten die Voglheimer auf ihre Plätze. Die blieben zu Tode eingeschüchtert sitzen und dann geschah nichts Dramatisches mehr. Franzl verstaute beschämt sein heidnisches Relikt, das als Buckel sichtbar blieb.

"Elisabeth", rief er japsend, „soag du deanga woas G'scheits! I bin am End."

Das schmächtige Fräulein ließ ebenfalls die Tränen fließen. Der Hieb des Otagliers war nicht fest gewesen, wohl aber anzüglich. Die Vorstellung machte sie ganz krank. Sie stand da in ihrem blassgrünen Umhang, wie eine riesige Florfliege nach einem Wolkenbruch und begann zu reden wie ein Sturzbach, dass ihr das Herz bräche bei soviel Neid und Streit und ungezügelter Begierde, aber nicht um ihrer Selbst Willen, sondern weil die ehrenwerten Gäste so schlecht bewirtet würden, dass sie gezwungen wären, in Sünde zu fallen und außer Rand und Band zu geraten. Ja, seht her, das habt ihr Trunkenheimer mir durch den armen Otaglier antun lassen, der nun Sünde auf sich geladen hat, ganz ohne Schuld!

"Loaangweilig! Soag woas zum Nikolo!", wurde Jasper ungeduldig.

Elisabeth kämpfte theatralisch gegen einen Schwächeanfall. Man müsse die Worte vom Ratsmann Jackl ernst nehmen, bebte ihre Stimme. Die Sünde wachse wieder überall. Offen und dreist ohnehin, aber auch verkleidet, verborgen, dort, wo man sie gar nicht vermute. Selbst im Nacken der Frommsten niste der Teufel. Doch der Nikolo habe den Weg zum Heil verkündet: Tragt die Toten heraus! Trennt euch von allem Alten, Eingefleischten, Liebgewordenen! Brennt die nutzlosen Plunderschuppen in euren Herzen nieder! Trennt euch von eurem ranzigen Kriegerhaar! Trennt euch von Neid und Misstrauen, von der Habgier, von der Lust am Fleische, um des Fleisches Willen statt der Liebe!

Das sind die verwesenden Toten, die ihr in euch tragt! Vergebt einander! Macht Platz für das Neue, das in euren Seelen wohnen will. "Des", endete sie, "wuii dea unverwesliche Nikolo uns soagn!"

"Hör ned hie, des is a Hexn", raunte Jasper seinem Ziehvater zu.

"Soag eahna, dess des mei Voattr is, und dess ea mitkimmt na Voglhoam!", verlangte Xaver.

Elisabeths Blick stieg gemartert zur Decke. Niemand außer Gott, rief sie, habe das Recht, über Andere zu entscheiden, wohl aber jedermann die Pflicht, für Schwächere zu streiten, und der Nikolo sei so hilflos wie ein Butterkrebs.

Ihr verklärter Blick wanderte dann sich verdunkelnd zu Minna und Marie, um wie ein Dreschflegel auf ihnen nieder zu gehen, aber niemand erfuhr, was sie zu dieser Geste getrieben hatte.

Franzl kam ihr zuvor. Er verkündete, er werde sich nun im Namen des Nikolo von seinem Haarhaufen trennen. "Des G'zumpl", stellte er fest, " hoad eh koa rechte Wurzn mäa."

Sofort lief Leni nach der Dorfschere. Wie hatte sie dieses lächerliche Gestrüpp doch verabscheut! Erst nach der Hochzeit hatte sie es zum ersten Mal gesehen, und Franzl hatte es auch noch übermütig aufgebauscht und von hinten ausgesehen wir ein monströser Riesenpilz. Zur Not hätte sie es ihm, ohne Zögern, mit bloßen Händen ausgerissen. Es gefiel ihr nur nicht, dass Elisabeth den Ausschlag dazu gegeben hatte. Elisabeth war ein rotes Tuch.

Franzl, Jasper und Alois gelobten beim entledigten Schweif, nie wieder in die alten Sitten zu verfallen. Dann schob man ihn feierlich in den Kamin.

In den folgenden Tagen zogen die Gästescharen vom Otaglis getrennt in ihre Dörfer zurück, obwohl sie gemeinsam gekommen waren.

Viele beschwerten sich, den Gepriesenen nicht gesehen zu haben, aber das hatten die, die sich glücklich schätzten, ja eigentlich auch nicht.

Auch ein kleiner Junge mit viel zu großen Füßen, auf denen granniges Haar spross, musste unverrichteter Wunderheilung heim ins übernächste Dorf.

2.7

## Wollxichter

In den unzähligen Berghöhlen - engen Berghöhlen, die zu eng und stickig waren, um Menschen den Bau von Häusern zu ersparen - hausten unzählige Beutelaffen, Wollxichter genannt.

Sie liefen auf zwei Beinen, hatten putzige Gesichter und waren etwa so schlau wie Papageien. Besonders Kinder und ältere Witwen waren in ihre menschenähnlichen Gestalten vernarrt. Viele hätten sie gern als Hausgenossen gehabt, aber alle Verhaustierung war an deren unhäuslichen Gewohnheiten gescheitert. Und natürlich vertrugen sie sich mit den futterneidischen Hunden nicht.

Zu den Trunkenheimer Bräuchen gehörte aber seit Nikolo Findl ihre Fütterung, draußen, am Fuß des Bergrings, wo es eine besondere Stelle gab. Wenn es genügend gut genährte Wollxichter gab, hatte er verschwiegen mit kühlem Kopf kalkuliert, hielte sich das Raubgesindel im Winter an sie und bliebe den Siedlungen fern. Schmidts erste Begegnung mit ihnen fand am Dreikönigstag statt, an dem etliche Kinder durchs Dorf zogen, um Futterspenden zu sammeln.

In den vorausgegangenen Tagen hatten Minna und Marie ihn ordentlich heran genommen. So hatte er in ihrer Mitte daher tappend die Kapelle, das Gemeinschaftshaus, die Werkschuppen, das Brauhaus und die Brennerei gesehen.

Sah man von den geschmälerten Vorratslagern, den geplünderten Bienenkörben, der angeschlagenen Töpferei, den klapprigen

Unterständen der Beutelpferde und den ausgerissenen Zäunen ab, so schien die Zeit nach Findl stehen geblieben zu sein Reparaturen waren zwar seit Jahren nachlässig gemacht, morsche Balken nur mit Lehm und Farbe überschmiert, häufig mit nur Oxndung, aber man hatte sich wenigstens bemüht und noch hielten die rostigen Nägel und mürben Zapfen alles zusammen. Minna und Marie hatten ihm erzählt, dass all dies eigentlich sein Werk wäre und wie elend man vor seiner Zeit in Hucken aus Gras und Schlamm gehaust hätte. Das hatte ihn nicht im Mindesten interessiert und die Beutelpferde waren ihm so wenig geheuer gewesen wie die Beutelhunde, aber bedrängt von seinen Leib-Dienerinnen hatte er eines flüchtig getätschelt und die Hand an Maries Kutte abgewischt. Dank seines gezwirbelten Schnurrbarts hatte er dabei ein eingemeißeltes Lächeln getragen, das gleiche, das sein mumifizierter Vorgänger trug.

Sie hatten sich auch mit ihm zu den Kindern aufs Eis des großen Sees gewagt. Anfangs war er ungelenk umher geschlindert, war auf den Allerwertesten geplumpst, hatte sich ziehen lassen, hatte zwei, drei Schneebälle geworfen, hatte versucht, mit größeren Klumpen zu kicken und sie dabei natürlich zertreten. Nichts, gemessen an seinen früheren Taten, aber sein Anblick unterm sanften Fall dicker Flocken war ganz im Stil der unzähligen Wandbildchen gewesen und viel Publikum hatte mit seligem Lächeln zugesehen. Der alte Große Häuptling, der sie so lang allein gelassen, wandelte wieder auf Erden! Welche Gnade, in ausgerechnet dieser Zeit geboren zu sein! Und der Nikolo hatte ihnen gewunken und zugelacht, wobei aufgefallen war, dass er vorher nie wirklich gelacht hatte. Als er merklich sicherer geworden war, durfte er - von allen Seiten heimlich bewacht - mit den Kindern allein aufs Eis.

Am Morgen des Dreikönigstags ächzte Minna im Kampf mit den nadelnden Zweigen, die sich, von der Schmucklast befreit, noch einmal erhoben hatten. Sie schimpfte vor sich hin, eine Schande sei es, dass der Nikolo nicht ein einziges Mal unter diesem Prachtbaum gesungen habe. Mit einer Axt, deren Klinge fast bis zur Öse abgeschliffen und einer Säge, die so gut wie zahnlos war, dauerte es seine Zeit, bis das Kleinzeug durch den Kamin gegangen, die Stube von Rauch erfüllt, das Wasser heiß war. Sie stießen ihrem Pflegling mit spitzen Fingern in die Flanken. Er könne nicht im Bett verrotten, während die Kinder schon an der Tür scharrten. Jeden Morgen das gleiche Drama! Er wälzte sich herum, fuhr jetzt wild auf, weil der gewohnte Anblick des Baumes fehlte, brachte außer kläglichem Husten zwar nichts heraus, schwang sich aber immerhin aus eigener Kraft aus den Federn.

"Moin, moin", sagte er immerhin, ehe er zum Frühstück überging.

Er hatte dann achtzehn Kinder im Gefolge. Dreimal Kasper, dreimal Melchior, dreimal Balthasar und neun als Wollxichter verkleidete, tapsige Kleinkinder.

Zuerst waren sie durchs Dorf gezogen und hatten sich an den Türen die Taschen füllen lassen, bis einer auf die Idee gekommen war, die echten Wollxichter damit, vor den Augen des Nikolo, zu beschenken. Allen Ermahnungen zum Trotz, entwischten sie mit Schmidt, führten ihn bergauf, die Kleinkinder plärrend auf halbem Weg zurücklassend - Schmidt blieb davon ungerührt - und erreichten nach einer guten Stunde die Futterstelle am Rand der Wildnis.

"Da, Nikolo, schau!" - Seine Entführer platzten fast vor Eifer.

"Wah?", japste Schmidt heiser.

"Wollxichter! Pelzmanderln!"

"Wah?"

"Naaa, hier! Tritten vun dea Wollxichter-Sippn!"

Er schnaubte nur frostig. Was er unterdessen sah, missfiel ihm gründlich, nämlich dass die Betteltaschen in den Schnee geleert wurden.

"Soag, san des aa Mänschn, Nikolo?"

"Wah?!", zog er die Stirn kraus.

"Jo mäi..., obs-des-aa-Mänschn-san? Oder san des Viachern, die bloß aasschaugn, ois obs des Mänschn san?"

Er sah den Fragenden aus Ärger über die verstreuten Lebensmittel nur missbilligend an. "Aufheben! Einsammeln!", wollte er sagen, doch es blieb bei einer ungeduldigen Handbewegung. Er zog die Rute, versuchte im Schnee verstreute Körner zusammenzufegen, aber sie versanken ganz. Darüber war ihm die Pfeife ausgegangen und er schwitzte in seiner Montur, in der er kaum atmen konnte. Ohne sich umzusehen, stapfte er knurrig voran - nur weg von dort, irgendwohin, wo es weniger Aufregung gab.

Die Kinder schauten ihm abwartend hinterher und verabschiedeten sich von dem Gedanken, dass der gütige Nikolo, von den hübschen Tieren angetan, ein gutes Wort für sie als Haustiere einlegen würde. Einer nannte ihn leise einen Deppen und die anderen kicherten verschämt. Unter den Älteren war es kein Geheimnis. Natürlich war es streng verboten, seine Beschränktheit auch nur anzudeuten, aber damit war die Verlockung nur noch größer. Was hatte man ihnen nicht alles erzählt! Und nun tappte er da herum, der dümmste Depp aller Zeiten in Person! Er bettelte ja darum, vernatzt zu werden. Zu diesem Zweck wurde sich hinter einer Schneewehe versteckt und mit Schneebällen auf ihn gezielt, sich aber bald wie üblich gebalgt und alles andere vergessen. Als sie sich an ihn erinnerten, schien der Nikolo sich unsichtbar gemacht, und statt nach seinen Spuren zu suchen, sammelten sie weiter unten die schreienden Kleinkinder ein und liefen ins Dorf zurück.

Schmidt hob sich erst wieder aus dem Schnee, als er fremdartige Stimmen vernahm. Hangaufwärts regten sich jetzt nicht mehr die Kinder, sondern graue Zweibeiner von fast gleicher Größe. Sie huschten gebückt den Hang hinab, um sich über die Korngarben und Rüben her zu machen, dort, wo man zuvor gestanden hatte. Ungläubig ging er auf die Ureinwohner Findalloahs zu, etwa bis auf fünfzig Schritte, sah nachdenklich zu, wie sie sich in aller Ruhe die Beutel füllten. Ein vages Lächeln huschte über sein Gesicht. Die mit kurzem Fell bewachsenen Gesichter ähnelten denen kleiner Menschenkinder. Ihre Finger, die denen der Koala-Bären ähnlich waren, trugen stumpfe Krallen. Sie meckerten und keckerten leise, was wie eine vernünftige Sprache klang. Nur ließen ihre guten Manieren rasch nach. Sie balgten sich wie gewöhnliche Affen, zerrten einander kreischend die Beute aus den Beuteln, traten Getreide in den Schnee, setzten in der Aufregung Häuflein darüber ab, urinierten unkontrolliert, kopulierten hastig am Rande, kurzum: ein Sauhaufen wie er im Buche stand! Schmidt sog scharf Luft ein. Eine seltsame Empörung stieg jetzt belebend in ihm auf, wie ein überwintertes Amphibium vom Grunde eines düsteren Tümpels. Sie brachte ein düsteres Bild mit hinauf: den rauchgeschwärzten Holzschnitt, der einst überm Kamin in der Stube seines Stiefgroßvaters gehangen hatte.

Während Schmidt vergeblich den Text darunter zu erinnern suchte, hatten die Tiere ihn bemerkt und starrten ihn an. Nun setzte er zur Unterstützung den Bocksbeutel mit Gustes Wegetrunk an. Wenn er im Rausch seinen Namen sagen konnte, fielen ihm vielleicht auch jene Worte ein. Er begann sich zu drehen und dabei Ohrfeigen zu verpassen. Nun erinnerte er sich an den Anfang des masurischen Bauernspruchs unter dem Bild des grimmen „Säemanns", der bei Regen und Sturm einen seiner sehnigen Arme ohnmächtig gegen einen Krähenschwarm erhob. Dann haute er sich noch eine runter und verlor das Gleichgewicht.

"Argh! Garst'ger Fremdling …", preschte er auf allen Vieren vor. Sie sprangen schnatternd hangaufwärts. Schmidts Knie waren weich, aber die blanke Wut trieb ihn hinterher, bis sie in einem größeren Felsloch verschwunden waren. Bald stand er keuchend davor, sog den Rest aus dem Bocksbeutel, schnappte nach Luft, schwang die Rute dass es pfiff, und röhrte aus Leibeskräften seinen Triumph über das Vergessen in das Gewölbe hinein:

*"Garst'ger Fremdling! Ungebet'ner Gast!*
*Flieh' die Flur, die du gepflügt nicht hast!"*

Nach der Rückkehr der Kinder stürmte alles was Beine hatte die Gegend und folgte seinen Spuren. Er kauerte schnarchend vor einer der ersten Felshöhlen. Seine Manteltaschen waren mit Getreide gefüllt und in der Mütze, die er in den Händen hielt, fand sich eine dicke, runzlige Kohlrübe. Daheim stellten sich Husten und Schnupfen ein. Er brauchte viel heiße Kaverya und strenge Bettruhe. Die Begegnung in der Welt da draußen hatte ihn wieder aus der Bahn geworfen. Für die nächste Zeit war er stumm. Was geschehen war blieb ein Rätsel.
Später erinnerte er sich aber daran.

## 2.8

"I voageb dia."

Der Vorfall erregte die Gemüter. Niemand hatte ein Wort verloren, als der Nikolo mit den putzigen Kindern durchs Dorf gezogen war, aber jetzt empörte sich alles über Minna und Marie, dass sie den Nikolo fast ins Verderben hätten laufen lassen. Man unterstellte, sie würden es darauf anlegen, dass er bettlägerig blieb, um ihn möglichst lange zu verhätscheln, wenn nicht sogar bei ihm liegen zu können.

Franzl war das Gerede so leid, dass er vorschnell versprach, den Nikolo bei sich auf zu nehmen. Ehefrau Leni indessen ging auf die Barrikaden und schrie ihn vor allen Leuten an, dass sie diese Arbeit nicht auch noch schaffe, es sei denn, er werfe seine Eltern oder die Kinder hinaus. Derart in Nöten dachte Franzl gründlich nach, ob Minna und Marie nicht doch schuldlos an diesem schlimmen Ausgang wären und es demnach keinen Grund zur Aufregung gäbe.

Die Kinder nahm er sich im Beichtstuhl vor. Sie schworen was das Zeug hielt, dass der Nikolo plötzlich von sich aus bergan gestiefelt sei und sie ihm nur brav gefolgt wären. Dann sei er unsichtbar geworden und die Verhöhnung mit der Rübe wäre ihnen nicht mal im Traum eingefallen. Franzl entließ sie für alle Fälle mit der Einschärfung, dass der Nikolo manchmal etwas täte, um die Menschen auf die Probe zu stellen, etwa um zu sehen, ob sie auch recht anständig mit den *Schwachkofferten* umgingen, indem er sich selbst wie einer benahm. Vielleicht hätte er insgeheim erwartet, dass sie ihn zur Rückkehr bewegten, und sie hätten diese Gelegenheit zu ihrer Schande verpasst. Das sollten sie in aller Stille mal bedenken.

Am Ratstisch aber erklärte er plötzlich mit glühende Wangen, dass das Geschehene allem Augenschein zum Trotz keine Riesensauerei, sondern ein himmlisches Wunder und ein sehr gutes Zeichen sei. Es gäbe eine überaus wunderbare Erklärung.

"A Zeichn für woas?", fragte ihn Alois, indem er eine einzelne Braue hochzog.

"A Zeichn, döss des dea wahrhaftige Nikolo is."

„Und des hoast vorher net g'denkt?"

"Doch, freili, obba.., obba..., des hoab i so ned g'soagt, sondern g'meint hoab i fei des:…"

Nun postulierte der Pfarrer euphorisch, dass der Nikolo die Wollxichter zum Glauben bekehrt hätte. Er, der Nikolo selbst, habe den Gang am Dreikönigstag beschlossen und weder die Kinder noch Minna und Marie oder überhaupt eine Macht der Welt hätten ihn daran hindern können. Sein Erscheinen hätte sie zu gläubigen Christen gemacht und sie hätten ihm daraufhin die ihnen kostbare Rübe zum Opfer gebracht. Und noch nie hätten die Wollxichter einen Menschen beschenkt, wohl aber ihn, der für dies Wundertat seine mühsam erst errungenen Gesundheit hingab.

Das klang recht sperrig. Warum, warf Alois ein, sollte er das nicht schon in seinem langen Vorleben getan haben Franzl schaute verstört in gespannte Gesichter.

"Na, weil's fei ned wurscht is, wie die Stern' stehn", orakelte Elisabeth ihm unerwartet Beistand herbei, während sie den Rauch ihrer Kräuter geziert in Alois Richtung blies. Alois, der sie nicht die Spur leiden konnte, lachte: "Haha, ja, und a Wurscht is a Wurscht, weil a Wurscht a Wurscht is!" - Er provozierte ein Aufstoßen, warf sich dabei eine Kaminwurzn in den Hals und erklärte schmatzend: "Und ned zu vergessn - jo freili, Kinder san Kinder - obba womöglich hoad ea si tatsächlich unsichtbar g'moacht und dann..., dann hoad ea 'n Hoalign Geist g'spuilt! Mei, stinkts des hier." - Damit war Elisabeths Rauch gemeint.

"G'spuilt?", ging Franzl ihn an, statt Elisabeth wegen der unchristlichen Sterndeuterei zu tadeln. "Hoast d' grad g'spuilt g'soagt?"

"Na-na, g'spürt hoab i g'soagt. G'spürrrtt", bog Alois die Sache schnell zum Guten, um Franzl zu schonen.

Dann redete Hannerl. Sie war eine sehr zurückhaltende Ratsgenossin mit rötlich schimmernden Haaren. Sie müsste jetzt etwas sehr persönliches preisgeben, fing sie zögernd an. Sie spüre die heilige Kraft des Auferstandenen ganz deutlich. Der Grund wäre, ohne Zweifel, dass der Nikolo nicht vollständig in seinem Erdenleib wohne, sondern zur Hälfte mit dem Himmel verbunden sei. Sie warnte sehr, ihn in das gemeine Erdenleben hinabzuziehen, denn nicht dazu sei er wiedergekehrt, sondern um die Menschenseelen hinaufzuziehen, zum heiligen Geist. Hannerl meinte, darum genüge es vollkommen, ihn - ganz gleich ob krank oder gesund - durch Minna und Marie bis ans Ende ihrer Tage verwöhnen zu lassen. So wie man ein Öllicht nur hinreichend nachfüllen und den Docht pflegen müsse, um die Finsternis zu vertreiben. Zum Beweis schob sie einen Ärmel hoch, bemerkte zu ihren sich sträubenden Härchen, dass dies von der heiligen Kraft käme, die seit der Rückkehr des Nikolo still zu jedermanns Heil und Segen in der Luft läge. Ihre Stimme brach und ein paar Glückstränen rollten.

"I voageb dia", drehte der Sepp sich halblaut weg. Elisabeth nickte dagegen zufrieden, ihre eigenen Worte aus Hannerls Mund zu hören. Auf die Idee der heiligen Kraft hatten sie die Stänkereien der neidischen Voglheimer gebracht, als sie behauptet hatten, die Seedörfler hätten diese in all den Jahren unverdient genossen. Elisabeth, die die Vorstellung der heiligen Kraft mit ihren sonderbaren Anschauungen versponnen und dem stillen Hannerl damit in den Ohren gelegen hatte, wischte ihrer Ratsgenossin nun verständnisvoll die Tränen ab.

"Etz spinnst aa scho. Des hoam mer fei g'sehen!", erinnerte Alois Hannerl an die Zerwürfnisse mit den Voglheimern.

Franzl wies auf sein kurz geschnittenes Nackenhaar, das ebenfall gesträubt war. Hannerl hätte Recht. Die heilige Kraft des Nikolo sei nicht zu leugnen. Die Gebete hätten gewirkt, wie Funken auf Zunder und die Streitigkeiten um ihn hätten allenfalls die Luft gereinigt. Aber ins gemeine Erdenleben, widersprach er ihr, würde man den Auferstandenen ja wohl kaum verwickeln, wenn er demnächst wieder im Namen des Herrn zeremonierte. Dafür sorge er gewiss.

Elisabeth räusperte sich pikiert. Langatmig breitete sie an Hand des Gebots der Nächstenliebe aus, dass man niemandem, auch dem faulsten Lüstling nicht, sein Tun und Lassen übel nehmen dürfe. Der Eine, erklärte sie, schafft halt gern, der Andere busselt gern, der Nikolo schlief jetzt halt wieder gern, und Minna und Marie opferten sich halt gern auf.

Das wäre doch keine Sünde, da sie niemandem damit weh täten, es sei denn, einen Deppen wurmte dies und er zöge sich selbst einen Schmerz daraus. Im Grunde, sagte sie wohldosiert lächelnd, ginge das alles niemanden an. Jeder habe mit dem Balken im eigenen Auge genug zu tun, und wer die Sünde hasse, solle sie wohl lassen und hassen, nicht aber den Sünder. Jedenfalls würde die heilige Kraft des schlafenden Nikolo allen als reicher Lohn zu Gute kommen, die aufrichtig für ihn gebetet hätten. Ja, auch dass sie selbst plötzlich soviel Verständnis für ihre Mitmenschen habe, sei eine Folge davon. Dem wollte niemand widersprechen, obwohl in ihrer Art zu reden stets etwas Verärgerndes mitschwang.

Plötzlich tat der schwerfällige Kare seinen Senf dazu. Was man hier für einen Schmarrn rede, polterte er. Worum ginge es denn? Immerhin habe man das Leben des Nikolo aufs Spiel gesetzt und nun sollten gefälligst alle Schuldigen, einschließlich Minna und Marie, um der Gerechtigkeit Willen, ordentlich verdroschen werden. Das könnte der Alois in Gestalt des Krampus übernehmen.

Elisabeth setzte ihr kühlstes Lächeln auf: "Gerechtigkeit? Woas verstehds ihr oidn Zausln von G'rechtigkeit?! Ihr müssts noh sooo vuiiiii lerna, um mi zu versteang. A jeda Mensch hoad des Recht zum sein, wie ea wuii, wenn ea koan doamit weh tuad. Kriagts des ned in aire Dickschädeln nei?" - Eben darum hätte auch der Nikolo das Recht, ganz und gar nach seinem freien Willen zu handeln, ob er nun in die Berge ginge oder bis zum Ende der Welt im Bett läge. Damit würde er niemandem schaden und Niemanden träfe eine Schuld. Im Gegenteil: Minna und Marie würden bei Letzterem ihre größte Freude an ihm haben.

Die letzten Worte klebten andeutungsreich vor Süße.

"Mei, des is mia zua a krauses Zeugs. Schloaft halt gern! Bah! A Bisserl weng, gell?", schnaufte Franzl schließlich. Streitfaul widersprach er Elisabeth ungern. Dass niemand die Schuld hatte gefiel ihm, aber deshalb konnte man nicht gleich allen Dingen ihren Lauf lassen.

"Fei ned! Wea schloaft, da sündigt ned. Dös is scho woas!", dumpfte Alois' gereifte Menschenkenntnis durch das Gekausel einer weitern Wurst.

Und der Sepp lachte heiser mit Bierschaum vorm Mund: "Recht hoast. Des is fei schwierg g'nug."

Franzl dachte, dass es ihm sehr wohl weh täte, wenn die ganze wunderbare Auferstehung nur im Bett enden sollte. Dem Nikolo Verführbarkeit zu unterstellen lag ihm aber so fern, dass er kei-

nen Gedanken daran verschwenden wollte. Wohl hätte er ein-
wenden können, dass der Nikolo ja gar kein Mensch im üblichen
Sinne, sondern von Gott auf den Weg geschickt und aus irgendeinem Grund noch nicht in Hochform sei. Aber er hatte keine
Lust, mit Elisabeth zu disputieren und würde ohnehin tun was
er für richtig hielt. Den Übrigen ging es nicht anders. Man sparte
sich den Atem. Man hob die Krüge, goss nach, sog nachdenklich
an den Pfeifen, schwieg sich aus. Verließ sich darauf, dass die
Dinge wie gewohnt zur allgemeinen Zufriedenheit ausgingen.

Am Kamin seufzten die Hunde im Schlaf. Sie lagen da, als würden sie den ganzen Winter so da liegen, bereit, auf einen leisen
Pfiff im Frühjahr zur Jagd aufzuspringen. "Vroni, hoast denn du
heuer nix zum soagn?", gähnte Franzl plötzlich. "Naa, hoab i
ned", sagte die. "Die Geistlichkeit, Franzl, des bist halt du, un
beim Nikolo, do hoid i mi komplett raus. Bloß des mit dea Be-
kehrung, des vaschdeh i ned. Wann die Viachern etz Christn
san, miassns dann die ned aa in die Kirch kimmen?"

"Dia voageb i aa noh!", hob der Sepp den Kopf aus der Armbeu-
ge.

## 2.9

### Auf den ollen Bismarck!

Die frohe Nachricht war kaum herum, da sah sich Franzl zu der Richtigstellung genötigt, dass die Wollxichter selbstverständlich genug geheime Katakomben zur frommen Zusammenkunft hätten, denn sie blieben dem Kirchlein auch weiterhin fern. Er beschloss, das Thema nicht mehr anzurühren und den Nikolo - mit oder ohne Beweis seiner Missionierungstat - an die einfachen Rituale des Christenlebens zu gewöhnen, ehe er noch mit seinem Bett verwachsen würde.

Es sollte mit dem Segnen von Brautleuten, Taufen von Neugeborenen, der letzten Ölung Sterbender, letzten Worte am Grab und so fort beginnen. Und dann, etwa zum Sommeranfang, könnte man mit ihm durchs ganze Land ziehen, damit er sich alles mal wieder ansehe und gründlich segne und hier und da für Ordnung sorgte. In Voglheim zum Beispiel, wo der alte Xaver alles verrotten und Neid und Missgunst aufkommen ließ, oder in Otaglia, wo der sündhaft schönen Kristl ein Rüffel vom heiligen Großvater gut täte, damit sie sich züchtiger kleide und gemäßigter rede. Dem fiesen Jackl aus Duruma müsste auch mal der Kopf gewaschen werden, auch wenn er manchmal Recht hatte.

Überhaupt müsste dem ganzen auswärtigen Sauhaufen der Kopf gewaschen werden, wegen des saumäßigen Benehmens in Trunkenheim.

Man musste dem Nikolo nur auf die Sprünge helfen und ihm klar machen, wer er eigentlich war.

"Entsinne dich, o heiliger Sankt Nikolo, Großer Häuptling von Findalloah!", fing er damit an, als es Schmidt ein wenig besser ging. "Anno Domini 364 gefiel es Gott dem Herrn, dich heim zu rufen aus dem schönen Myra in sein himmlisch Reich. Und du hast dort gewohnet unter allen Engeln und dem Angesicht des Vaters und des Sohnes, in den strahlenden Gefilden des Heiligen Geistes, bis dem Herrgott es gefiel, dich wieder einzuleiben in dein alt Gebein, aus dem du vormals dich nach reicher Ruhmestat entferntest. Du entsinnst dich doch, nicht wahr?" - Franzl hielt die schriftgetreue Aussprache der Bibel für am Geeignetsten, um den Auferstandenen verständlich mit seinem Vorleben vertraut zu machen.

"Allehand!", fiel Schmidt zum herausfordernden Blick seines Gegenübers ein. Er hatte sich nur flüchtig vom fesselnden Spiel der Flammen abgewendet. Sie saßen am Kamin der Gedächtnishütte.

"Und du warst herabgesandt nach Tschegedah!", stach Franzl beschwörend mit dem Finger nach ihm. "Und du kamst geflogen vom Himmel mit jenem roten Feuermond, dessen geheiligten Mantel du trägst. Und du hast gebracht uns Reichtum für Leib und Seel im Namen des Herrn. Du brachtest die Samen der erquicklichsten Speisen, die Traube des frohen Sinnes, die Bohne des wachen Geistes, das schwelende Laub der Zufriedenheit. Du hast die Erde gesegnet mit Brot und grünen Christnachts-Bäumen!" - Es folgte eine lange Aufzählung weiterer Wohltaten, die in der Feststellung endeten: "Du hast Tschegedah gemacht zu Findalloah, als eine Arche des Noah, mit welcher wir am jüngsten Tage fahren auf in den Wolken, ins neue Jerusalem. Darum: Gelobt sei Gott in der Höh', und gelobt seist du in alle Ewigkeit, gütiger Sankt Nikolo, Großer und weiser Häuptling von Findalloah, dass du die gottlose Menschenfresserei und das gottlose Vielweibertum beendet hast - die schlimmsten aller

Geißeln. Wie du auch allen Zwist und alle Eifersucht unter den Stämmen in der Liebe Christi durch das Gesetz der Liebe besieget hast. Der Liebe, die das Himmelszelt aufspannt, der Liebe, in welcher die Sonne sich dahin gibt an die frierende Finsternis. Der Liebe, die stärker ist als das Böse, denn alles ist entsprungen durch die Liebe und wird in ihr vollendet.

So lehrte uns, die wir wie wilde Tiere waren, der Herr durch dich. Aber wieder gefiel es dem Herrn, dich heimzuholen in sein Reich, erlöset von allen Leiden, die dir der Satan angehängt, erlöst in der Gnade des edlen Trankes von Trunkenheim, des segensreiche Rezeptur du auf die Erde brachtest. O, wenn im Wein die Wahrheit lieget - um wieviel mehr dann im Conaki?! Amen!"

Das zuletzt Gesagte war ein oft zitierter Spruch des alten Findl. Franzl seufzte bedeutungsschwer. Schmidt, erst taktvoll nickend wie ein Konfirmand der heimlich nach der Uhr schielt, sprang auf und kehrte auf das Stichwort mit einer Kalebasse Conaki aus Gustes Vorrat und zwei stilvollen Nikolo-Bechern zurück. Sie leerten die Becher auf einen Zug, Schmidt goss nochmal nach. Franzl stutzte, schmatzte prüfend, schüttelte sich gestärkt und fuhr fort: "Denn da!!! Da!!! Versank das Volk von Findalloah in Tränen! Und die Alten von Trunkenheim legten deinen Erdenleib sieben mal sieben Tage in eine Schmelze von Conaki und Bienenwachs, wie du sie hast geheißen und bauten dir ein Gemach im heiligen Stein von Elu-Aya. Auf dass dein geheiligter Leib möge bannen die bösen Kreaturen der Erde und die bösen Geister der Lüfte, und dass du wieder auferstündest, wann es dem Herrn gefiele. Und getreulich harrte das Volk deiner Wiederkehr. Es gab dir Waffen, Essen, Trinken und Tobak, Jahr um Jahr. Es salbte deinen wundersamen Erdenleib, es hegte deine weisheitsvollen Schriften…"

Plötzlich wurde Schmidt etwas lebhafter. "Sach ma..., Jott..., äää, diesa Jott? Hört man ja öfta hier…"

"Jessas Maria! GOTT! Ned JOTT!!", schnaufte der beleibte Pfarrer. In der Hitze des Kamins schwitzte er enorm in seinem bunten Zeremoniengewandt. "Der, der dich schuf! Der, der Himmel und Erde g'macht hoad und der, der dich nun zum dritten Mal hoad nieder g'sandt vom Himmelreich zur Erd'. *Ja, Sakraluja…?!*" Schmidt schlug sich mit dem Handballen gegen die Schläfe, lachte leise auf: "Det isn Ding, wah? Meen Kopp is völlig leer…, abba du, wenn du ja allet weest, denn kannste mir vor allen Dingen ma varraten wieso et denn übbahaupt wat jibt? Und wieso ick wees, datt ick da bin?Und wieso Pi nich jenau Drei is. - Wie jeht dat?

Und Jott, wat meeste, hat der eijentlich sich selbs erschaffen?"

Nach diesen Worten starrte er unglücklich ins Leere, bis ihm ein paar Tränen herunterliefen. Sein aufkeimendes Denken bewirkte die Beschäftigung mit Dingen, die für alle anderen geklärt waren. Sein Gesicht war ein einziges klägliches Fragezeichen. Er zuckte hilflos mit den Schultern.

Franzl fuhr hoch: "Neiiiin, weine nicht! Dein' Auferstehung ist wahrhaft Gnad' und Wunder über alle Maß! Und ob du schon wüsstest alles, vom Himmel und der Erden, so wär's des Wunders wohl zu viel. Doch deines Geistes Sitz beließ man dir im Schädel unberührt, und was du fragest, will ich nach bestem Wissen dir wohl nennen, auf dass dir alles neu im Geist erstehe, falls es Schaden hat genommen, und du wirst wieder sein, der du gewesen. Nur Mut! Gott lässt die Werke seiner Hände nicht, davon auch du erschaffen bist!

Erinnere dich doch: Gott, der die Welt erschuf, ist unser aller Vater! Ja, unser aller Vater! Lass uns zu ihm beten…"

Franzl faltete die Hände, schloss die Augen und begann zu murmeln. Schmidt blieb stumm.

"Na, det lob ick mia!", rutschte ihm dann mit einem saloppen Auflachen heraus. "Sach bloß, der kann det hören? Wo steckt der denn?" - Schmidt schaute sich nach allen Seiten um.

"...in Ewigkeit. Amen. Und allso werden wir zudem bei Servatius, Pankratius und Salbatius dir aus jenem Schriftgemach im Dome all Jenes bald zum Studium bringen, was von dir selber einst geschrieben und gemalet fein und von mir selbst in all den Jahr'n geheget und gepfleget. Und deine früh'ren Jahr', auf Erden wie auch im Reich des Herrn, werden aufleuchten in dir selbst, so du die Dinge wieder schauest, die deiner eignen Feder einst der weisen Ahnung voll entsprangen. *Bis Mark* und Bein davon erfüllet sind. Amen." - Franzl wollte damit sagen, dass man durchaus die Tage der Eisheiligen nutzen könnte, um seine Biographie aus der Altarkammer zu holen, damit er sie auswendig lerne und wieder über sich Bescheid wisse. All das war Schmidt links rein und rechts wieder raus gegangen. Eins immerhin warhängen geblieben. Er lachte und hob den Becher: "Jawoll! Jut jesprochen, Franzmann! Recht haste! Bismarck! Endlich! Det sacht ma wat. Der Idiot! Woher kennste den? Ick seh den manchma und dann wieda nich. Prost prost, Kamerad! Gott mit uns!", setzteSchmidt den Becher an.

Sie tranken aus.

"Auf den ollen Bismarck! Hoi! Hoi! Hoi!"

"Oaf Servatius, Pankratius und Salbatius!"

Sie leerten noch ein paar Becher des wundervoll weichen Getränks.

## 2.10

## Nikolo opfert Conaki

Nun wurde ernst gemacht. Sie lasen ihm Tag für Tag aus der Bibel vor und die Morgenstunden verbrachte er nach der Andacht in einer Trunkenheimer Dorfschule. Dort saß er in Mütze, Uniform und Stiefeln zwischen ein paar staunenden Kindern und malte die Tafel voll.

Zur Unterstützung musste er zum Töpfer-Toni, der sich redlich mühte, ihm das Alphabet durch das Kneten von Buchstaben beizubringen. Selbst dieser engelsgeduldige Mensch hieb nach ein paar Tagen die Faust in einen Tonklumpen und stieß einen Verzweiflungs-Schrei aus. Nicht nur, weil sein Schüler reichlich unbegabt war, sondern vor allem wegen dessen unausstehlicher Angewohnheit, heruntergefallenen Ton mit der Stiefelspitze aus dem Blickfeld zu kicken und "Tooor!" zu rufen, statt ihn aufzuheben.

Unter Franzls Beobachtung nahm der Töpfer seinen Schüler abends, wenn er sich von den Strapazen der ersten Tageshälfte ausgeschlafen hatte, mit ins Wirtl, die Schänke unter dem großen Maori-Dach. Diese hatte nebenbei bemerkt eine Trennwand und zwei Eingänge. Die Wand konnte zu großen Feiern beiseite geschoben werden, trennte aber im Alltag die männlichen von den weiblichen Gästen. Hier saßen die Männer auf ihrer Seite, die jungen prahlend, die alten nörgelnd, machten sie sich unbehelligt Luft, während ihre treuen Köter zu ihren Füßen oder vorm Kamin lagen. Es schien dem Großen Häuptling auch sehr zu gefallen.

Töpfer-Toni und seine Genossen führten ihn in die Spiele Oxnkopp und Knödlbrett ein, wirklich wichtige Dinge also, und er, der erst nur als Kartenhalter fungierte, begriff die geheimnisvollen Regeln beim Zuschauen und es zeigte sich, dass er die „Augen" im Kopf zusammenrechnen konnte. Sein Sprachvermögen nahm dabei weiter zu, aber nicht im mittelalterlichen Deutsch der Lutherbibel, die er bald komplett gehört hatte, auch nicht im Bayerischen, wie er es aus der Umgebung hätte nachahmen können, sondern mit Berliner Schnauze. Denn er lernte nichts dazu, sondern seine alten Gewohnheiten kehrten nur mehr und mehr zurück.

*

Der Zeitpunkt war eher ungünstig, denn die Schneeschmelze hatte gerade eingesetzt und es musste ein beschwerlicher Aufstieg bewältigt werden. Im Mittelpunkt dieser jährlichen Angelegenheit stand, oben am Rande des Felsplateaus, auf Trunkenheimer Seite, ein morscher Hackstumpf. Als er noch ein Baum gewesen, hatte er entgegen großer Hoffnungen keine tragende Rolle in einem Liebesdrama zwischen einem Trunkenheim-Mädchen und einem Wantuxi-Jungen gespielt. Seit dem tragischen Absturz vor mehr als 90 Jahren hieß die Schlucht "Schindgrubn" und der weibliche Zweig der betroffenen Familie "Schindgrubner". Missionar Findl war mitschuldig gewesen. Reuevoll hatte er eine jährliche Gedächtnisfeier eingeführt, damit in Zukunft ein jeder gewarnt sei: die Liebenden vor ihrer Blindheit, die Alten vor ihrem Starrsinn, und er selbst vor seiner Eifersucht, mit der er eine glückliche Wendung verhindert hatte. Es war eine verworrene Geschichte mit einigen Ungereimtheiten zu Findls Gunsten, jene, die man in einer Truhe der Gedächtnishütte verwahrt hielt.

Hannerl und Elisabeth waren entsetzt, dass man den Nikolo zu etwas drängte, das er nicht von sich aus verlangte. Aber Minna und Marie hatten ihn auf Franzls strenge Anweisung hin geradezu gedrillt. Sie hatten ihm die ganze Liebesgeschichte vorgelesen und lebhaft erzählt, und er hatte das Wenige eingeübt, was sonst Franzl als Zeremonienleiter zu tun pflegte.

Am besagten Tag führte er die Prozession zu den „Hängenden Felsen" an, und als er nicht minder schnaufend wie der dicke Franzl das mit Lichtern und Girlanden geschmückte Plateau über dem Abfluss des Sees erreicht hatte, erschrak er trotz aller Vorbereitungen: Auf der anderen Seite des Abgrunds stand, geisterhaft im fahlen Dunst, das urtümlich kostümierte Wantuxivolk. Aus der Felsspalte toste und boste es gewaltig, denn die riesigen Schollen vom See zerbarsten an den Felsen im Mahlstrom.

Verstört folgte er dem Geschehen. Drüben opferte man nach einigen Gesängen einen überdimensionalen, mit flatternden Bändern versehenen Rauchschinken in den tödlichen Schlund. Gegen den Lärm der Urgewalt gebrüllte Gebete für die Seelen des Jungen aus Wantuxi und des Mädchens aus Trunkenheim folgten.

"Hoi, hoi, hoi! Verschwendung! Verdammte Sozialisten!!!", trug Schmidt mit den Füßen am Abgrund plötzlich bei, und obwohl die Wantuxi drüben durch das Getöse ganz sicher nichts von seinem Unfug verstehen konnten, schämten sich die Trunkenheimer in Grund und Boden. Das war nicht alles.

Als Opfergabe der Familie Ilahioas wurde mit etwas Verzögerung eine mit bunten Bändern geschmückte und ebenfalls übergroße Conaki-Kalebasse gereicht. Sie sollte dem Schinken mit einem Spruch belegt in den Abgrund folgen.

"Woißt noh, woas d' zum Soagn hoast?", drückte Minna sie Schmidt in die Hand.

Jetzt hob er deutlich weniger verstört die Brauen und zog geübt den Pfropf. Nachdem er mehr als einen Zug getan hatte, stellte er sie plötzlich würgend ab, holte Anlauf und kickte sie mit knackenden Zehen in den Abgrund. Verächtlich spuckte er noch einmal aus wie ein Säufer, der plötzlich durch ein Wunder abstinent geworden war. Alles stand starr vor Schreck, besonders die Schindgrubnerin.

"Pfui Deiwel!!!", schrie Schmidt mit blutrotem Kopf.

"Schaugts doh! A Wunda!", beeilte sich die Schindgrubnerin. "Dea Nikolo moag nimmer saufn!"

Franzl nahm eine Geschmacksprobe des Verkleckerten - sie neckte den Gaumen deutlich mit Ammoniak - und die Schindgrubnerin verschwand schnell in der Menge.

## 2.11

## Asche zu Asche

Franzl hatte kaum Grund zur Hoffnung, aber er war seinem Ideal so sehr verhaftet, dass er nur sah, was er sehen wollte. Außer dass die Schindgrubnerin zu täglich zwölf Gebeten in Richtung der Gedächtnishütte verdonnert war, hatte er allen versichert, dass der Nikolo selbstverständlich das Recht hätte, die Zeremonien nach seinem Dünken zu ändern und dass er auch in Zukunft bestimmt nichts falsch machen würde.

Er hatte Minna und Marie trotzdem angewiesen, alles genauestens mit Schmidt durch zu exerzieren, hatte sich eine Probe angesehen und war zufrieden gewesen. Zu guter Letzt hatte Guste ihm einen großen Becher Conaki verabreicht, mit dem Hinweis, dies sei für ihn die beste Medizin, aber zu aller Unbehagen wippte Schmidt jetzt ratlos von einem Bein aufs andere.

Vor ihnen lag ein alter Mann im Sterben. Die letzte Ölung stand an. Nikolos Wortlosigkeit und das Schnuppern an der Schale mochte wieder eine seiner Neuerungen sein, dann aber nippte er daran und machte einen in den Kissen landenden Versuch, dem Sterbenden das Öl einzuflößen. In der Verlegenheit kam ihm plötzlich zur Hilfe, dass man ihn als Kind zur Einnahme von Lebertran gezwungen, indem man ihm die Nase zu gehalten hatte. Folglich riss auch der Sterbende bald den Mund auf, aber das tranige Zeug lief ihm in die Lungen. Nach einigen Minuten dramatischen Kampfes rührte er sich nicht mehr und die Witwe stürzte sich schreiend auf den Nikolo. Es gab ein Handgemenge, bis er wieder frei stand.

"Lasst det Männeken ma ausschlafen!", richtete er an die Versammelten. "Amen! Rührt euch!"

Danach wuchs die Ungeduld, während die Hoffnung schwand. Der "Herr Doktor" fand auch am fünften Tag beim besten Willen kein Lebenszeichen. Das Tauwetter hatte ordentliche Arbeit geleistet und am sechsten Tag folgte hinter der Kapelle vernünftiger Weise die Beerdigung. Unverbesserlich verfügte Franzl, dass der Nikolo auf jeden Fall für die letzten Worte zuständig sei. Elisabeth und Hannerl warnten wie üblich, aber er ging nicht darauf ein. Der Nikolo sei eine Angelegenheit für die Geistlichkeit, also seine, und damit basta!

"Es is g'sät verweslich und es wead oaferstehn uhnverweslich", raunte Franzl Schmidt über die Schulter. Der stand nur da, mit dem nassen Weihwasserbesen in der Hand, und schwieg wie das Grab, in das er rätselnd schaute.

"Det kommt mia abba spanisch voa", grummelte er schließlich halblaut.

"Du-sollst-mir-nachsprechen, *sakralujanorramoi*!"

"Wah?"

"Asche zua Asche, Staub zu Staub!"

Was machte man hier bloß? Schmidt schüttelte sich. Wie kam man darauf, einen Schlafenden in der Erde zu vergraben? Andererseits, warum nicht? Es schien zwar unbegreiflich, aber irgendwie üblich zu sein. All die Lehmhügel ringsum mit den Kreuzen und Inschriften - lagen darunter nicht andere Schlafende? Was, wenn sie da unten erwachten? Die Vorstellungen, die sich ihm aufdrängten, ließen ihn unwillkürlich nach Luft schnappen.

"Nikolo, verzeih, döss i des soagn muss, obba dea Mo schloaft ned. Dea Mo is dod. Dod!", flüsterte Franzl.

"Dod? Wah?"

"Es is g'säät verweslich un wiad oaferstehnuhnverweslich. Um

Gotts Wuiin! Etz schwing den Besn un soag 's!"
Schmidt verstand die einzelnen Worte kaum, geschweige ihren Sinn.
Sein Zögern wurde schmerzhaft, aber dann flog ihm wie eine Seifenblase aus dem untersten Stockwerk etwas halbwegs Rettendes zum Fenster hinein. Er nahm eine starre Haltung an, nahm die Mütze ab und bölkte im Kasernenton: "Helm ab!!! Zum Jebet!!!"
Die Witwe hatte sich inzwischen ungeduldig vorgeschoben: "Mei, ea is dod! Do huift nix! Un du Depp hoast eahm umbracht! Obba zum Oaferweckn reichts fei ned!!!", fauchte die korpulente Frau. Ohne einen Funken Respekt zerrte sie an dem nassen Besen in Schmidts Hand, um selbst den Sarg zu besprengen.
"Hoad ea ned!!!", sprang Franzl zu, um es zu unterbinden, und schwupps, lag der Besen auf dem Sarg.

Welcher Erden-Mensch, rief er von der Kanzel, würde sich so gebärden? Doch da seht ihr es! Im Himmel ist nun mal alles anders als auf Erden. Und 65 Jahre im Reich Gottes unter Engeln, Christus und all den Heiligen! Woher sollte er es noch wissen? Da droben hinter den Sternen, da, wo das ewige Leben wohnt, da gräbt man niemanden - tja-haa, wie denn auch? - in der Erde ein.
"Wenn i aa moi woas soagn derf...", wagte Elisabeth, in einer Totenmesse die Hand zu heben.
Freili, giftete Franzl ihr zu, dies könne sie am Ratstisch tun.
"Dea Nikolo is ned dei' Kaschperlfigur", sagte sie trotzdem.
Betretenes Schweigen.
Hannerl und Vroni saßen stockstarr in der Bank. Er bemerkte, dass Alois grinsend den Kopf schüttelte, Sepp und Kare sich spöttisch zunickten.
Er warf die Predigt hin und ging heim.
Er ging heim und fragte sich, was daran falsch sein sollte, den

Nikolo sanft aber stetig zur alten Größe aufzubauen, ihn daran zu erinnern, wer er einmal war, notfalls natürlich ihm alles Nötige einzutrichtern, bis es funktionierte. Es lief ja schon ein wenig und der Rest würde sich auch noch ergeben. Anders ergab die ganze wunderbare Auferstehung keinen Sinn. Oder doch? Was hatten Hannerl und Elisabeth von der geheimnisvollen Kraft gesagt, die er, ohne einen Handschlag zu tun, verströmte? Und was hatte Elisabeth ihm vor Wochen nahe gelegt?

In der nächsten Predigt forderte er alle Trunkenheimer zu dreimal täglicher Fürbitte um die Genesung des Nikolo auf, wobei sich in Richtung der Gedächtnishütte zu verneigen sei. Der Nikolo brauche die ganze Kraft der Gebete und jeder sei in der heiligen Pflicht, alle Inbrunst hineinzugeben.

## 2.12

## Auferstehung

Er betrat den Paternoster und stürzte ins Dunkel. In den stählernen Frachtraum eines Überseedampfers. Explosionen, ersterbende Schreie. Regenrauschen, Messingnieten, der Abgang von Schlammlawinen.

Tote! Ja, Tote! Ihm war klar, was Tote wirklich waren.

Er schlug auf.

Eine kalte Hand rüttelte ihn.

"Offizier Schmidt?"

"Wah? Nie jehört. Kenn ick nich."

"Wer sind Sie dann?"

"Nikolo. Auferstanden von den Toten, wah."

Derlei Wahrnehmungen konnten nach dem Stand seines Wissens nur Botschaften himmlischen Ursprungs sein, passend zu dem, was ihm über seine Herkunft eingeredet worden war. Sie kamen und gingen wie Treibgut aus einer fremden Welt. Namenlose Schattengesichter, graue Straßenschluchten, eine nebulöse Zimmereinrichtung, das Gurgeln einer Klospülung, ein kläffender Hund, diffuse Gerüche, die Auspuffschläge einer Lokomotive. Schiffshörner und nochmals Schiffshörner. Langgezogener, unergründlich melancholischer Hall. Menschliche Stimmen, unverständlich und schmerzlich vertraut zugleich, dazu ein von Ferne glitzerndes Feuerwerk einer mitreißenden, metallischen Melodie, die er wohl bis in die Beine spürte, aber nicht zusam-

men bekam. Und wie so oft war da der Geruch von dunkelgrünem, gebohnertem Linoleum und ein Ruf, der durch lange geheimnisvolle Katakomben hallte, die Stimme eines angeheiterten Abteilungsleiters mit einem Ärmelabdruck auf der Stirn, nämlich seine, die zum Feierabend mit gespielter Schauerlichkeit rief: "Tragt die Toten heraus!"
So also musste es im Himmel gewesen sein.

Die folgenreiche Inspiration musste ihn sehr plötzlich überfallen haben. Mit Mütze, Uniform und Regiments-Stiefel gab er ein Bild komischer Unvollkommenheit, das man aber angesichts der Größe seiner Verkündung nicht bemerkte. Mit Minna und Marie folgten ihm etliche Trunkenheimer. Die Nonnen waren mit den maroden Grabwerkzeugen aus der Kapelle bewaffnet.
"Tragt die Toten heraus! Oh, trrraget die To-hooten herrraus !", schwang Schmidt die Glocke.
"Oaferstehung!!!", jauchzten die Nonnen zu seinem Geläut und begannen zu schaufeln. Schnell sprach es sich herum. Da es keine weiteren Werkzeuge gab, wühlten viele mit bloßen Händen im Matsch der oberen Erdschicht und bald mit blutigen Händen im gefrorenen Boden. Der, den man zuletzt beerdigt hatte, war als Erster wieder oben. Sein Zustand war schlecht, die Witwe brach nun endlich zusammen. Bei Vielen war der Schmerz aufs Neue erwacht und der Jammer groß, aber die Trunkenheimer waren nicht zu bremsen. Morsche Särge mit Skelettierten und Halbverwesten kamen ans Licht. Nicht Einer, der lebendig geworden war.
Der Friedhof, über dem der käsige Gestank aus den Särgen lag, glich einem Schlachtfeld, auf dem die Angehörigen sich eingefunden hatten. Er glich einem schlammigen Schlachtfeld, lange nach der Schlacht, in dessen Mitte immer noch ein irre gewordener Offizier mit einer roten Zipfelmütze stand und sich stammelnd - seiner Schande bewusst - Ohrfeigen verpasste.

Daneben ein dürres Gespenst, ein weißhaariges Weib, das ihm wie ein steter Schatten Conaki reichte, der ihm in der Hast durch den Bart auf die Uniform lief.

"KA-KA-KANNIBALEN!!! Unterirdische Kannibalen!!!", quäkte er mit Blick auf die Entfeischten und Halbentfleischten aus zugeschnürter Kehle.

Auch Franzl brauchte einen Conaki. Es dauerte eine Weile bis er ihn bekam, denn Guste verweigerte ihm den, den sie für Schmidt bereit hielt. Und als ihm wieder warm in den Eingeweiden war, fragte er angesichts der unfassbaren Sauerei kampfbereit: "Woas is? San denn die Würmer etwa ned unterirdische Kannibuin? Na oiso! Passt scho'!" -

Freuen wir uns vielmehr, rief er dann, dass unsere Gebete den geliebten Nikolo wieder auf die Beine gebracht haben!

## 2.13

## Junge, Zunge, Zange, Zahn...

Zu Franzls Glück geschah bald doch etwas, an das er sich als unschlagbaren Beweis für die erwachten Wunderkräfte des Nikolo klammern konnte.

Eines Nachmittags erwachte Schmidt wie in einen nassen Teppich geschnürt. Die Angst saß ihm im Nacken, sein Herz raste, er glaubte zu ersticken. Als die Schwestern auf sein Sturmläuten nicht erschienen, machte er sich auf und fand sie in genau jener Stube, aus der das grässliche Geschrei drang, das seinen Traum begleitet hatte. Eine Menge Leute hatten sich versammelt, etwas Schreckliches schien im Gange.

Der "Doktor" saß blass auf einem Stuhl und ein Junge, gehalten von zwei Männern, schrie und tobte mit blutverschmiertem Mund.

"Großer Gott!", stieg ein Seufzer aus der Menge.

"Großer Häuptling", sprang der "Doktor" auf, "i bin am End!"

Minna und Marie nahmen Schmidt überrascht bei Seite und erklärten ihm, was vorging. "Dei Mützn! Um Himmis Wuiin! Wo hoast denn du dei Mützn?", erschrak Marie dann noch. Er befühlte sein schütteres Haar, das nass und kalt am Schädel klebte. Man eilte nach der Mütze und Guste schaffte auch den Conaki her, der noch gefehlt hatte. Er goss ihn herunter und verlangte gleich noch einen.

"Jungchen", sagte Schmidt dann, anstatt zu trinken, "denn woll'n wa ma, wah? Prost prost, Kammerad!"

Guste riss entsetzt die Augen auf und hielt sich den Mund zu, während der Junge unter den besorgten Blicken aller Anwesenden bald ausreichend betäubt war. Dann verlangte Schmidt nach einer Zange, worauf er etwas in die Hand gedrückt bekam, das lange in feuchter Erde gesteckt haben musste. Er sah sie kaum an.

"Zange!", wiederholte er. "Zack-zack!!!"

"Jo määäiii, des iiiis a Zaaaangen", schnarrte der Doktor mit der Behäbigkeit eines alten Wieners.

"Verdammt, det is en elenda Klumpen Rost! Bringt mir ne anständige Zange! Verdammte Sozialisten!"

"Mei, mir hoam fei bloß die doa", duckte der Doktor sich.

Schmidt lief rot an: "Im janzen Dorf?! Halt' mich nich zum Narren, Männeken!"

Der Doktor nahm sie ihm zitternd aus der Hand, um ihre Beweglichkeit zu demonstrieren.

"Fett! Wat is'n mit Fett, Männeken? Hat det Ding jemals Fett jesehen?"

"Fett? Moinst fei Schmoiz ?" - Schmidt kannte keinen Schmoiz, entriss sie ihm, schleuderte sie in den Fensterstoff, worin sie steckenblieb. Dann näherte er sich mit bloßer Hand dem Gebiss des Jungen, den kein Kanonenschlag mehr geweckt hätte.

"Welcher?"

"Doa wo's Blut lauft."

"Lappen!"

Der "Doktor" reichte ihm sein zerknülltes Sacktuch.

Schmidt zog es glatt, klopfte es aus, packte damit den Backenzahn und drehte ihn mit einem Ruck raus.

"Gottes Werk! Gottes Werk! Gott hat seine Hand geführt! Er kann wieder heilen!", brach Franzl in Jubel aus. "Und habt ihrs gehört?! Wie er spricht! Die Sprache des Himmels! Der Geist ist in ihn gefahren! Gott ist wieder bei ihm!!! Gott ist wieder bei dir!!! Der Teufel ist besiegt!!! Der Deivi is b'siegt!!!", sprang er auf Schmidt zu und fiel ihm mit seinem ganzen Gewicht um den Hals.

"Wah?!", fragte Schmidt ihn zu seinem Entsetzen, "Wer is denn det übbahaupt, diesa Jott?"

Der Junge trug den Zahn fortan stolz am Hals. Noch tagelang gab es ein neugieriges Gedränge am Fenster und niemand sollte es wagen, die Zange aus dem Gewebe zu ziehen.

Ratsfrau Hannerl ging vorbei, summte leise: "Junge, Zunge, Zange, Zahn...", und es erschien ihr irgendwie bedeutungsvoll. Sie hatte in letzter Zeit häufiger solche Eingebungen, seit auch sie die Mixtur aus Elisabeths Garten rauchte.

2.14

## Conakiboulette

Wie gesagt: Franzls Freude war nicht uneingeschränkt.
"Wer is det übbahaupt, diesa Jott?!", zitierte er aufschäumend.
"Jott! Jott hoadda 'n Herrgott g'nennt! Zwoa moi scho! I glaab, i
schdeh im Wuid! Dess ea ned glei Bua z'eahm g'soagt hoad!"
Es wäre doch für ganz Trunkenheim beschämend, dass er - all
seine Werke seien gepriesen - von Geburt, Tod und vor allem
von Gott und Christus keinen Funken Wissen mehr andeutete
und trotz höchster Nötigkeit nicht zum Lesen der Bibel angehalten werde. Ja, es wäre eigentlich ein Unding, dass ganz Trunkenheim fleißig für ihn bete, während seine gnädigsten Grazien
keinen Finger rührten. Sie sollten nicht länger warten, bis es ihm
von selbst wieder einfiele.
Bei allem Grund zur Freude war Franzl enttäuscht, dass der heilige Mann immer noch kein einziges Gebet gesprochen, ja nicht
einmal ein Grüaß Gott über die Lippen gebracht hatte. Auch
nicht jetzt, als Franzl herein gekommen war. Er saß wie der leibhaftige Weihnachtsmann vorm Kamin und war leicht vorge-
beugt in die Betrachtung der Glutfluktuationen vertieft. Er hätte
auch eine Gipsfigur in einem Schaufenster sein können.
"Ea muss si in da Bibel auskenna! Und in da Liturgie und in-
und oaswengdg!", brach Franzls Stimme zum Falsett. „Ob ea
wuii odda ned! Na los! Ihr zwoa, seids ned Elisabeth!" - Er
scheute sich, den Nikolo persönlich anzusprechen.
Minna und Marie, die mit Guste Schmidts Essen zubereiteten,

brachen die Dämme, sie weinten. Am liebsten hätten sie Franzl entgegen geschleudert, dass sie sich für den Nikolo nur noch schämten und sie sich so einen gottlosen, dummen und faulen Patronen niemals gewünscht hätten. Das aber sei ausgerechnet ihr geliebter Nikolo, um den sie so inbrünstig gebetet hätten. Stattdessen hielt Minna Schmidt demonstrativ die Bibel entgegen, worauf er sie nur schmollend ansah. Minna knallte die Bibel auf den Altar zurück. Das Wachs der Nikolo-Kerze waberte, ein Rauchfähnchen verflüchtigte sich, das Licht war aus. Sie verlor die Beherrschung. "Da, schau", schrie sie, "so is ea! Glotzt 'n goanzn Doag ins G'flimmerl doa, wann ea ned fuii in dea Mulln liagd! Jo määäiii! Marie!!! Soag aa moi woas!"

"Ea koann jo ned lesn. Obba des werd scho", schneuzte sie sich in der Schürze. "Do bin i fei g'spannt", drehte sich Franzl zur Tür. Guste hatte teilnahmslos Rüben schälend am Tisch gesessen, stand plötzlich auf, griff seinen Ärmel: "Etz huift nix mehr", flüsterte sie heiser und fügte hinzu: "Sei Medizin is aus."

An Stelle einer Erklärung krabbelte sie die Stiege zum Dachboden hinauf und nach einer Weile umständlich herab, in der einen Hand ein größeres Gefäß aus Wantuxi-Keramik. Sie stellte es schluchzend auf den Tisch: "Ihr froagts aich v'lleicht, warum ea so a Depp is. Do, schaugts do nei!"

Sie entfernte den großen Pfropf. Eine Wolke aus Conaki-Duft stieg auf, aber es war kein Conaki zu sehen. Irgendetwas lag am Boden des Gefäßes, ein brauner Klumpen, nicht größer als eine Boulette. Es war ein Gehirn. Der Conaki hatte es, wenn es denn ein menschliches war, in den Jahren enorm schrumpfen lassen. Jetzt kam es heraus: Die alte Guste war überzeugt, dass man Findls Hirn damals eingeweckt und in der Seide seines Ballons verwahrt hatte, und sie hatte das Gebräu aus dreifach gebranntem Conaki und Hirnflüssigkeit mit normalem Conaki gestreckt an Schmidt verabreicht, dass er damit sein Wissen zurück erlangte. Aber nun war das Konzentrat erschöpft und nur das ausgelaugte Gehirn war übrig und der Nikolo immer noch dumm.

"Des is sei Hirn", fingerte Guste den Klumpen heraus. "Gellt, Nikolo, da schaugst, des is dei Hirn. Du oama Bua." - Es klang fast, als hätte sie liebevoll gesagt: Schau, Bua, des is dei Schokoladenpudding oder dei Fleischpflanzerl. Minna und Marie ging ein Licht auf: "Woas??? Ea hoad gar koa Hirn!?"

"Um Gottes Wuiin!!!", ging Franzl in die Knie. Indessen nahm Schmidt es prüfend in die Hand. Das Wort "Hirn" war ihm nicht geläufig. Dann - mit den Worten es schmecke himmlisch - verputzte er es rubbeldikatz vor aller schreckensstarren Augen.

"Echt knorke! Conakiboulette, wah?"

"Um Gottes Wuiin!!!", wankte Franzl halb ohnmächtig zur Latrinentür.

"Um Gottes Wuiin!!!", schrien Minna, Guste und Marie. "Depp!!! Du hoasd dei eigenes Hirn g'fressn!!!"

Alles schien verloren.

Doch Schmidt verdaute das Ereignis folgenlos. Die Ansicht der Kannibalen, dass durch den Verzehr eines Hirns das Wissen auf den Verzehrenden überging, traf zumindest auf ein Jahrzehnte lang in dreifach gebranntem Conaki eingelegtes Organ nicht zu. Franzl hatte mit einem solchen Wunder gerechnet, dann ein anderes erfunden und die Beteiligten beruhigt, dem Nikolo sei wohl durch die Gnade Gottes ein neues Hirn nachgewachsen, das nun vor allem mit den wirklich wichtigen Dingen gefüttert werde müsse.

## 2.15

## Schwangere Jungfern und Verdopplung

Sie hatten ihr Haar mehrmals offen getragen, sich mit Holzkohle übergroße Augen geschminkt und die Lippen mit Piri-Piri wund geschürbelt. Franzl war nicht blind und hatte die Schwestern bei der Beichte befragt, ob sie denn auch züchtig mit dem Nikolo seien, wenn sie ihn wuschen und zu Bett brachten und ob sie auch keine unkeuschen Gedanken hätten. Das hatten Minna und Marie empört von sich gewiesen. Dann waren sie mit der Überraschung herausgeplatzt: Wie auch immer sie es angestellt hatten - sie prahlten verschämt damit, schwanger zu sein und behaupteten, es könne nur an der geheimen Rezeptur des Nikolo liegen, so geheim, dass sie anfangs gar nichts bemerkt hätten.
"Mei, des is a Ding! Hoabts scho mit 'n Nikolo suibs drüber g'sprochen?"
"Naa, Pfarrer, mir draahn uns ned."
"Des moacht nix. I werd 's scho richten. Ihr hoids die Goschn. Mei, des is a Ding!"

Im ersten Freudentaumel waren dem guten Pfarrer keine Bedenken gekommen, die Sache brühwarm Leni zu erzählen. Leni war eine fleißige treue Seele, die aber keine Veränderungen liebte. Für sie war der Nikolo kaum mehr als ein nutzloser Fresser, den sie zu Franzls Unglück nicht im Haus haben wollte. Die neueste Nachricht, die Franzl mit der Behauptung gekrönt hatte, die künftigen Kinder seien wegen der Jungfernzeugung dem Christus gleich, brachten sie zum Lachen. "Bist denn du narrisch? Woas gibts denn doa zum Lachn?", fuhr Franzl gekränkt auf.

"Beim hoaligen Tonio!", wurde sie ernst. "Wann dea Nickl bei uns do g'legen hädd, hädd am End noh i a Kind von eahm kriagt." - Sie warf ihm vor, dass ihm dies wohl nichts ausmachen würde und überschüttete ihn der Gelegenheit halber mit einer Reihe anderer Vorhaltungen, die ihr schon lange auf der Zunge gelegen hatten. Und ob er denn die Geschichte vom heiligen Antonio vergessen hätte, die vom heiligen Antonio zu Padua. Die mit der Versuchung durch den Teufel in Weibes Gestalt. Mit dem heiligen Antonio wäre er nie in die Verlegenheit gekommen, in die sein hochgelobter Nikolo ihn gleich mit zwei Fauen gebracht hätte. Er sollte ja zusehen, dass er die frommen Schwestern noch vor ihren Niederkünften verheiratet kriegte. Eine mit dem Nikolo, die Andere mit sonst wem. Sonst würde er samt Minna und Marie wie Guste in Schande enden.

Also hatte Franzl statt der großen Freude eine Sorge mehr, die ihn zwang alle Schlauheit einzusetzen und das Beste aus der neuen Lage zu machen. Ihm war klar, dass Kinder zum guten Gedeihen ordnungsgemäße Väter brauchten. In Findalloah hatte zwar kein Kind das Recht, zu tun was es wollte, aber jedes hatte ein Recht auf Vater und Mutter und schien seines Lebens froh. Gewöhnlich wurde zwecks Empfängnis geheiratet. Manchmal auch ein wenig später, aber es wurde. Bloß, wer wollte Minna und Marie heiraten? Wären sie jung - keine Frage. Damals hatte es haufenweise Verehrer gegeben, aber sie hatten alle abgewiesen. Wären sie Witwen, hätte man sagen können, dass die Rezeptur des Nikolo im Namen der verstorbenen Männer angewendet worden sei.

Die einfachste Sache wäre aber die Vielehe gewesen, die der Nikolo allerdings damals abgeschafft hatte, was als eine der größten Errungenschaften galt. Außerdem konnte man nicht wissen, ob er geistig und körperlich schon gerüstet war, zwei Kinder und zwei Frauen zu ertragen. Bei einem Wunder wie der Auferstehung war zwar alles denkbar, aber eine leise Stimme warnte Franzl vor einem Überstrapazieren.

Genau genommen hatte Franziskus gar nichts gegen die Vielehe. Während seiner Ja-Wort-Abnahmen hatte er so manchen stummen Seufzer zum Himmel geschickt, wie unergründlich die Wege des Herrn doch seien, die gutmütigen Deppen einsam und allein den Listen und Launen der Frau auszusetzen. Jeder Mann brauche mindestens eine fünffache Verstärkung, und nun war der arme Nikolo, kaum zu neuem Leben erwacht, in die Fänge von gleich zwei Exemplaren geraten.

Aber wenn Minna und Marie noch Jungfrauen waren, hieß dies ja nichts anderes, als dass ihre Kinder wie Jesus Christus Gottes Kinder wären. Wenn, ja wenn sie Jungfrauen waren! Wenn, wenn, wenn...

Es war nicht zu vergleichen. Es war ja noch Marias ordnungsgemäßer Joseph zu bedenken, und der Christus war außerdem von den Propheten und Engeln verkündet und nicht vom Nikolo in Vertretung eines toten Ehemannes rezeptuiert worden, wie der bedauernswerte Xaver.

Wie ging denn diese Rezeptur eigentlich? Hannerl hatte von seiner unsichtbaren Kraft gesprochen, die ihr die Härchen sträubte. Da mochte noch viel mehr in der Luft liegen.

*

Trunkenheim, 19. März 1911. Draußen regnete es in Strömen. Die schon in die Jahre gekommenen Schwestern halfen dem Pfarrer nervös aus dem triefenden Zeremonien-Umhang, den er trotz des kurzen Wegs über den verschlammten Dorfplatz angelegt hatte. Dann verdrückten sie sich mit schamhaftem Kichern.

Es war ausgemacht, dass der Nikolo an diesem Tag in Kenntnis gesetzt werden sollte, weil es der Namenstag des Joseph war, der Franzl wegen der Jungfernzeugung sehr passend schien.

Zufrieden stellte er fest, dass Bibel, Schule und die Gesellschaft beim Wirtl seinem Idol gut getan hatten und dass er im Gegensatz dazu in den Tagen, an denen die geheimnisvolle Empfängnis stattgefunden haben musste, eindeutig zu schwach für das Fleischliche erschienen war, sodass wohl alles seine wundersam gottgewollte Richtigkeit hatte.

Sie setzten sich an den Kamin, prosteten sich mit Kaverya in großen Bechern zu, die Schmidt eigenhändig gefüllt hatte. Franzl erhob jodelnd seine seltsame Kopfstimme zu den fröhlichen Worten, dass er, der Nikolo, xund ausschaue und man nun - mei, des is a Ding! - reden müsse.

Dass Schmidt seine eigene Sprache wiedergefunden hatte, hieß nicht viel. Ebenso wenig waren seine Erinnerungen und sein Verstand zurück gekehrt. Er ließ nur einen erwartungsvollen Blick vom Haupt seines Gegenübers zu dessen Sohlen wandern, von denen sich der Matsch beiläufig zwischen die Rundhölzer schlich, legte die Hand ans Ohr und machte: "Wah?"

"Re-den. I soags dir im Auftrag von Minna und Marie. Mei, die san halt a weng schüchtern. Gelobt sei Gott in der Höhe! Hoid di fest: dei g'heime Redsebdua hoad oang'schloangn!"

Franzl bewegte die Hände mit breitem Grinsen über seinen überdimensionalen Bauch: "Doa legst die nieder, gellt! Stimmt's denn ned, dös'd aa desweagn z'ruckkimma bist, weilst a g'heimes Redsebd zur Empfängnis hoast?"

Schmidt zuckte die Achseln, schaute verwundert den eigenen aufgedunsenen Bauch an, in dem Gustes feurige Spezialität gärte: "Meenste dit? Wat meenste denn damit?"

"Oh, vergib mir gütigst!", entschuldigte sich Franzl, dass er nicht in der Bibelsprache gesprochen hatte.

"Dir sei gesaget, o Großer Häuptling, dass jene zwo Jungfern gar keusch des Wunders harrten, das du darselbst erstmals im fernen Schoße..., ääh..., fernen Myra im Schoße eines unfruchtbaren Weibes hast vollbracht. Dieses Wunder aller Wunder hat nunmehro gleich sich zwofach wiederholet."

Minuten vergingen, in denen Franzl das Minenspiel des Nikolo zu deuten suchte. Schließlich sagte Schmidt: "Schön jesprochen, Hochwürden. Wat meenste denn nu damit?" - Sonst nichts. Es war grausam. Franzl starrte ihn an wie ein Herrenreiter sein im Schlamm versinkendes Paradepferd. Wenn er das schon nicht begriff, wie sollte er das Heiratsdilemma dann begreifen? Franzl bückte sich seufzend zum Boden, zerrte ein Rundholz heraus, legte es vor Schmidt. Das sei er. Dann legte er Minna und Marie daneben, zerbrach ein dünnes Stäbchen für die Kinder, nahm noch eins um einen zweiten Mann darzustellen, warf es aber mit der Erklärung in den Kamin, dass ihm niemand einfiele, der Minna oder Marie mit dem kostbaren Nachwuchs zur Frau nehmen sollte, zumal ja wohl beide sich nur zu ihm hingezogen fühlten. Ob er das begriffen habe, fragte er Schmidt.

"Hmm, nee, det mit die zwee Beeden, fastehe, abba det is ja keen Mallör. Weeste, alter Junge..., hä-hä!"

Franzl hatte kaum mit einer Antwort gerechnet und war umso überraschter.

"Weeste denn nich, datt ick mir fadoppeln kann?"

Franzl verneinte sprachlos, obwohl er es ihm zutraute.

"Siehste! Dit is det Sonderbare, wat mir manchma im Kopp rumgeht. Hä-hä..., ick hab mir da im Felsendom uffm Thron sitzen jesehn, trotzdem ick davor war! So is det nämlich, Sportsfreund. Fastehste, ick kann mir demnach fadoppeln!!! Det iss'n Ding, wah? Ick hab mir selbs da sitzen jesehen, jawoll! Det heest, ick nehm die Marie. Ick meen, det passt bestens, und mein Doppel kriegt die Minna. Weil, die Marie, det is die Ruhigere, und die Minna, det is die Schnauze von die Beeden. Und mein Doppel da hinten, dem is det ejal. Den könnta ja meinethalben ooch noch abholen und hier hinsetzen. Der sacht nur ab und zu ma piep. Piep-ejal is dem allet, wah?"

Franzl stutzte, paffte nervös, bis er hinterm Rauch verschwunden war. Seltsam. Im Felsendom saß also noch ein Nikolo! Sein Kinn begann zu beben: "Wuiist mi etz foppen?", fragte er unsicher. "Koannst di aa hier vor mein' Oangn verdoppeln?"

"Nee. Ick wees nich mehr, wie det jeht."

"Hockt denn des Doppel noh imma noh doa?"

"Wah?"

"Ließest du zurück im heiligen Gemache deine zweite Gestalt?"

"Det weeß ick nich. lass mir ma nachdenken... Ick jlobe fast ja."

Am nächsten Tag saßen sie sich wieder gegenüber. Franzl hatte es sehr eilig gehabt, Leni brühwarm seine Erleichterung über das große Wunder zu berichten, dass es für jede der Schwestern einen Nikolo gäbe und dass man nur zum Felsendom gehen müsse, wo jener Andere bereit säße. Das Verheiratungs-Dilemma wäre also schon so gut wie gelöst. Leni aber hatte ihn liebevoll einen Deppen gescholten, denn natürlich hätte der Nikolo seinen alten Körper auf dem Thron sitzen gesehen, bevor er zwecks Auferstehung wieder in ihn hineingestiegen sei. Das sei ja wohl alles andere als ein Wunder von Verdopplung. Den Weg könne man sich sparen. Der Nikolo sei nicht ganz beisammen, vorsichtig gesagt.

"I soag ma, doa verwechselst d' woas", lächelte Franzl jetzt nachsichtig und erklärte Schmidt den Verhalt.

"Dit kann ooch sein!", hob Schmidt den Becher. "Na denn: Auf die dollen Weiberbollen!"

Franzl hob den seinen. Er hoffte, sich verhört zu haben, dachte an die Versuchung des heiligen Antonio zu Padua, der nie und nimmer was auf die eben gepriesenen Körperteile gegeben hätte, und es gab ihm einen Stich ins Herz, dass sein armer, einfältiger Nikolo ihnen erlegen gewesen sein könnte. Verführt mit Holzkohle, Piri-Piri und langem Haar. Schon wieder ein Tiefschlag! Plötzlich fühlte er sich elend und matt. "Oh, Hoaliga Antonio huif...", seufzte er leise und ließ es dabei bewenden.

## 2.16

### Vielehe und der Fluch der Pflüge

Der Nikolo hatte das Dorfpodest erstiegen. Er winkte den Menschen zu, die durch eine Laufnachricht von Minna und Marie zusammenströmten. Franzl erfuhr, als er sich den Anderen anschloss nur, dass Nikolo etwas zu verkünden habe. Nach dem, was bisher voraus gegangen war, hatte er wenig Grund, Gescheites zu erwarten. Trotzdem war er ganz aus dem Häuschen, sein Idol auf dem Podest zu sehen. Allein das war ein großer Fortschritt.

Dann erschienen Minna und Marie, mit offenem Haar, dunklen Augen, roten Lippen und mit ihren weißen Hochzeitskleidern angetan, die seit der Jugend bereit gelegen hatten. Sie stiegen hinauf und taten nichts Unerhörteres, als die Hochzeit zu verkünden und dass sie um die Weihnacht herum zu fünft wären.Franzl beeilte sich hinauf, packte den Nikolo energisch bei den Schultern, rüttelte ihn unter dem Geschrei eines balzenden Truthahns. Nach einer Weile gab Minna ihm einen Stoß: "Du hoast uns goar nix zum Soagn, Franzl! Er hoad's nur aich verboten, oaber ned sich suibs! Stimmts ned, Nikolo?"

Marie behauptete nun, der Herr sei den Dreien in der letzten Nacht im Traum erschienen. Und der Herr habe die Heirat ausdrücklich verordnet. Sie lächelte glücklich in die Menge und wandt sich wie zu einem Kleinkind an Schmidt: "Und du, Nikolo, hoast denn du ned aa doawei g'stangda? Du hoast doh aa doawei g'stangda heit Nocht, ois dea Herr uns des künd hoad.

Stimmts ned? Nu soags deanga! Mir hoam di doh g'sehn!"
Er hätte also in ihrem Traum dabei gestanden.

Franzl kam aus dem Staunen nicht heraus. Diese verrückten Weiber drehten doch nicht etwa alles so, wie sie es gern hätten? Schmidt schmunzelte abwägend, nickte dann entschlossen. Elisabeth inhalierte gefasst einen Zug ihrer Mixtur. Alte Männer schüttelten mit bitteren Mundwinkeln die hängenden Köpfe.

*

Die Zeit verging. Seine Schlafkammer war um zwei Betten erweitert worden, in dem jeder für sich zu schlafen pflegte. Jeden Morgen machten Minna und Marie sich früh auf ins Dorf, um bei ihren Alten und Kranken nach dem Rechten zu sehen. Vorher wuschen sie ab, räumten auf und heizten ein, wodurch er meist aufwachte, es sich aber nicht anmerken ließ, sondern sich erst aus dem Bett schwang, wenn sie gegangen waren. Dann goss er sich Kaffee auf und stopfte die erste Pfeife, was sie neuerdings nicht mehr taten.

Er öffnete das Fenster, lehnte sich hinaus in die Dämmerung mit ihren heimfliegenden Flugbeutlern, hörte Morgenhusten und Latrinengang anderer Frühaufsteher, Tierschreie von den Bergen, auf die die Hunde anschlugen. Das tat er, bis er seine Frauen nahen hörte. Rauchte er dann gerade noch oder schon wieder, wickelte er die Pfeife in ein feuchtes Tuch, schloss leise das Fenster und schlich wieder zu Bett, nicht vergessend, sich die Mütze wieder aufzustülpen, weil ihm sonst ein doppelt schlimmes Gezeter drohte. Er hatte schließlich zwei Frauen, nein, eigentlich drei. Guste war täglich zu Gast. Sie half ein wenig in Haus und Garten und zuweilen in der Gemeinschaftsbrennerei, vor allem, um sich dort volllaufen zu lassen und ihre Kalebassen für den Hausbedarf zu füllen.

Franzl hatte sich zurückgezogen und so passierte den ganzen Tag nicht viel. Nur eine merkwürdige Unruhe führte seine Hand manchmal zur Brusttasche, in der früher seine Taschenuhr gesteckt hatte. Dann fiel sie resigniert zurück und ein bedrückender Argwohn beschlich ihn, ein Gefühl wie beim Warten auf den Zug in einer fremden Stadt. Dem einsamen Warten an einem von Unkraut bewachsenem Gleis mit einer Stations-Uhr, auf der die Zeiger still stehen.

Neuerdings spürte er eine seltsame Ahnung, dass es mit der Zange, die er ins Fenster geschleudert hatte, etwas auf sich haben könnte, das mit diesem Gefühl zu tun hatte. Sie erschien ihm als Corpus absurdum unter den üblichen Gegenständen, fast wie ein Telefon oder Wasserhahn in einem Iglu. Aber wie sehr ihn auch die Gewissheit quälte, dieses Werkzeug aus einer völlig anderen Umgebung zu kennen, so gewiss holte ihn letztlich die einlullende Übermacht der unzähligen Nikolo-Figürchen und all der Bildchen ein, mit denen alles ringsum - einschließlich seiner Bettwäsche - verziert war. Selbst aus der schäbigen Leibwäsche der Alten und Kranken und den vielen Putzlappen, die nun in seinen eigenen vier Wänden auf kreuz- und quer gespannten Leinen dorrten, schmunzelte ihm sein gesticktes Konterfei zu, holte ihn auf den Boden der erwünschten Tatsachen zurück, von dem kein Entrinnen vorgesehen war. Schlimmer noch: er spürte eine unüberwindbare Hemmung, Dinge zu tun, die ihm Erleichterung verschafft hätten. Dachte er ans Kartenspiel, lähmte etwas seine Beine, sich dorthin zu bewegen.

Seine Frauen schimpften häufig über die Oxkopferten. Sie wären schlechte Männer, schlechte Väter, machten ihre Arbeit nicht gut und überhaupt: sie soffen ihnen viel zu viel und redeten nur dummes Zeug. Sie sagten nicht, dass sie was dagegen hätten, aber sie wurden stets seltsam reserviert, sobald er bloß daran dachte, zum Kartenspiel zu gehen.

Und jetzt, da die Felder bestellt wurden, waren seine Gesellschafter zu beschäftigt oder zu müde. Minna und Marie waren froh, dass es mit den Spielabenden aus war, denn auf dem Dachboden hatte sich einiges an Krempel gehäuft, nachdem man begonnen hatte, um Einsätze zu spielen. Vor allem der Schrecken, als er eines Abends ohne Mütze und mit nur einem Stiefel heim gebracht worden war, saß bei ihnen tief.

Er verfiel in verrückte Dinge. So wie manche sich Wunden ritzen oder mit dem Kopf gegen Wände rennen, so mischte Schmidt sich gehackten Ingwer, Piri-Piri, Haare und andere Scheußlichkeiten unter den Tabak und trieb es soweit, sich Pfeifenasche in den Mund zu stopfen, trotzig darauf herumzuknirschen und das Ganze mit Conaki hinunterzuspülen, wenn er etwa wegen des Ausklopfens der Pfeife am Bettpfost getadelt wurde.

Doch die Zange beschäftigte ihn zwanghaft. Er trug sie ständig mit sich herum, abgesehen von den Gelegenheiten, bei denen sie dringend gebraucht wurde. Er hatte sie entrostet, poliert und gängig gemacht und kniff und quetschte mit ihr an allem Möglichen herum, als könnte er den Panzer der Nikolo-Welt aufbrechen.

Er phantasiert, dass er in einer düsteren lärmerfüllten Halle einen alten Mann Namens Gustav an einer Maschine stehen sah. Ein Mann, dem das Blut aus den Schuhen quoll. Ein Kriegsveteran von 1871, der von morgens bis abends Rohlinge für Kneifzangen stanzte und von Zeit zu Zeit "Hoi, hoi, hoi, haut se alle kaputt!" rief. Und ein Stück weiter, in einer Nische, sah er die Umrisse eines geheimnisvollen Gegenstands unter einer grauen Plane und dachte, dass dies das schönste Ding sei, das man besitzen konnte.

Dann haute er in der Qual einer langer Entbehrung mit der Rute auf sein nikolobesticktes Bettzeug und wiederholte laut aufbrüllend die Worte des Alten. Doch fehlte ihm jedes Gefühl dafür, dass es Erinnerungen an sein eigenes Leben waren.

Es geschah am Putztag. Schmidt hasste den wöchentlich statt-
findenden Hausputz, bei dem sich Minna und Marie kriechend
und keuchend in alle Ecken zwängten, die Wände entstaubten,
die Schränke polierten, die Spinnen aus den Ritzen scheuchten,
die Betten frisch bezogen. Letzteres hasste er besonders, denn sie
stärkten das Bettzeug mit einem Wurzelbrei, der es erst mollig
werden ließ, wenn bald schon wieder Waschtag war.
Dann hieß es aufstehen und sich irgendwo hinsetzen, wo man
alsbald die Füße zu heben oder sich gar gänzlich anderswo zu
platzieren hatte. Es herrschte Durchzug, Kübel mit tropfenden
Lappen standen anstelle des Essens auf dem Tisch und der Kamin war aus wegen der Entschlackung. Schmidt saß auf der
Bettkante, hielt einen Lappen in der Hand und starrte zum Fenster. Minna hatte gemeint, er könne versuchen, sich nützlich machen, aber der Fleck auf dem gewachsten Leinen hatte sich ver-
schlimmert.
"Det is aussen, wah?", sagte er zu Minna, die herein kam.
"Jo määäh, doa gääähd ma hoid naussa. Da schaug her, woas d'
g'moacht hoast! Des goanze Stofferl is hiiiie!"
Mit ein paar Handgriffen löste sie den Spannrahmen und warf
das Tuch heraus. Er solle lieber ins Wirtl gehen, bis sie fertig wären.
Wie von der Kette gelassen machte er sich davon, fand aber
niemanden vor und begab sich trotz des Regens zu einem der
Äcker und sah eine Weile beim Pflügen zu, worauf er bald wieder im Hause war. Drei Beutelpferde hatten an einem primitiven
Holzpflug gezerrt, der wie ein Waschknüppel über die Oberfläche geholpert war oder sich spontan im Boden verankert hatte.
Zwei lehmverschmierte Gestalten hatten stolpernd ihr Bestes
gegeben, um die Spur zu halten. Nach einer Weile war es
Schmidt in den Sinn gekommen, den tolpatschigen Tieren füh-
rend ins Geschirr zu greifen. Sie waren hochgegangen, er er-

schreckt im Matsch gelandet und die Männer hatten ihn unter der Last seiner Verwünschungen nach Hause gestützt.

Nun saß er mit lehmigen Hosen in Socken auf der Bettkante. Marie kühlte seine Beule und Minna scheuerte wie wild - zum zweiten Mal - die Bodenhölzer.

Er ließ ihr vorwurfsvolles Zetern, dass sie sich umsonst abgerackert hätten, über sich ergehen, schien geistig weit abwesend zu sein. Plötzlich hob er den Zeigefinger und sagte völlig überraschend: "Jetzt spitzt ihr mal hübsch die Ohren! Hört zu und merkt et euch! Wat ick heut erlebt habe, det war überaus betrüblich. Also: Im Himmel, da ha'ick Volkswirtschaft studiert. Und in eena normalen Volkswirtschaft!!! Da is imma eena!!! Füa intaket Landwirtschaftsjerät!!! Zuständig!!! Eure Jerätschften sind unter aller Sau!!! Det hat mia der Herr einjejeben!!! Der Herr! Merkt euch det!!! Der Herr persönlich!!! Sacht det weita!!! Amen!!!" -Er nahm noch einen Schluck und wischte sich über den Bart, der dann stumm auf und ab schwang, als holte er für eine Erklärung ordentlich Schwung. Aber ihm ging die Kraft aus. Er schlug sich ein paarmal vor den Kopf, wankte und erschlaffte. Marie stützte ihn, damit er sanft ins Kissen glitt.

"Jo freili. Ei schau, guadsd Nickl, i un die Minna, mir san zuständgd für di, un des aas ganzm Herzn."

Minna begann nach dem Polieren der Stiefel mit dem Abreiben des Mantels und war noch eine Weile halbblaut zu hören. Sie verstand nicht, was der Nickl zu bekritteln hatte. Alles wäre doch in bester Ordnung, und wenn es ihm zu gut ginge, könnte er auch die Bibel auswendig lernen, statt am Feld herumzukrebsen und die Leute von der Arbeit abzuhalten.

"Ähh, woas soag i? Etz spinnt ea scho, des käm vum Herrn persöhnli. Naa, des kimmt ois vum b'sufferten G'schwätz beim Wirtl. Vuikommn spinnert! Des hoab i mir scho denkt, dess do noh woas kimmt. Obba des soag i dia: Etz kimmt ea mia nimma davoh." - Sie deutete fest entschlossen zu der Bibel auf dem Altar. Das gefiel auch Marie.

## 2.17

## Geburtstag

Tabak, Kaffee, Kaverya und Conaki versüßten ihm das endlich begonnene Studium der heiligen Schrift. Mit der Schöpfungsgeschichte hatte er sich noch recht interessiert angefreundet, sich dann mit nachlassendem Schwung bis Hesekiel durch die Propheten genagt, bald aber wieder gelangweilt Zeilen und Seiten übersprungen, die Seiten am Daumen entlang gleiten lassen um verschiedene Geräusche zu erzeugen, um den säuerlichen Wind des alten Papiers zu schnuppern und so fort.

Um seine Fortschritte zu kontrollieren, hatten Minna und Marie ihn jeden Morgen abgehört. Sie kannten die Bibel so gut wie auswendig und verzweifelten an der Dummheit ihres Mannes, obwohl er immerhin wie aus heiterem Himmel lesen konnte. Bedrückt über seine Unfähigkeit, dieses so lebenswichtige Buch in der gemahnten Dichte in sein jungfräuliches Gehirn zu pauken, war er darauf gekommen, die Seiten stur anzustarren, eine nach der anderen, um sie sich als Ganzes einzubrennen. Als er Seite für Seite damit fertig war - in der Hoffnung, es werde sich bei Bedarf entfalten - erst da hatte er ganz zufällig auch die allererste Seite des Einbands untersucht und dann geschah es: Ein Poltern, ein Schrei.

Minna und Marie fuhren aus den Betten, fanden ihn mit tränenerfülltem Blick, japsend wie nach einem Dauerlauf. Eine schwere Conaki-Wolke hing über dem Tisch. Seine Augen rollten wild. Er zog mit dem Fingernagel eine Rille unter die Angabe des

Druckorts: "Balin! Bei Jott! Balin!!!" - Und mehr als nur das. Viel mehr! Er war ganz außer sich. Es war, als sei ein dickes Paket angekommen. Öffne mich endlich, rief es ihm zu, aber die Schnüre waren fest und die geistige Schere ein elender Klumpen Rost.

"Jo mäi", sagte Minna beruhigend. "Wos is'nn des? Wieder so a Schmarrn?"

"Balin! Rostijet Kanonenroa! Balin!", heulte Schmidt auf, während Marie ihm die Stirn tupfte.

"Ick ha' et jrad noch jewußt, abba ick weeß et nich mehr!" - Er schlug ihre Hand weg, riss die Mütze vom Kopf, kratzte sich, als säße er voller Flöhe und verpasste der Mütze einen abrechnenden Tritt.

"Ick ha'et verjessen! So wie ick alles verjessen hab! Herr im Himmel, diese jottverdammte Mütze! Ick brauch... Ick brauch en Kalender! Denn fällt et mir wieda ein!"

Sie liefen in Nachthemden ins Gemeinschaftshaus, aber es dauerte eine Ewigkeit, bis sie wiederkehrten. Der Sepp feierte gerade Geburtstag und hatte sie zum Anstoßen genötigt, wobei sie mit Fragen bestürmt Rede und Antwort gestanden hatten. Sepp und Alois hatten ihnen dann beim Abnehmen und Herübertragen des Kalenderwerks geholfen. Es hatte über dem Schanktisch gehangen, bestand aus 365 Holztafeln, die nach einem ausgeklügelten System aufgefädelt waren und landete als wüster Haufen auf dem Schreibtisch. Der Sepp begann wild keuchend herumzuwühlen, um die Ordnung wieder herzustellen. Schmidt fegte mit ungewohnter Bestimmtheit seine Hand weg: "Bummelanten! Wo zum Teufel habt ihr jesteckt?"

"Mei, i hoab heuer Wiagnfest", erklärte der Sepp. "I wead heuer fuchfzg."

"Wah!?"

"Er hoad Geburtstag. Ge-burts-tag", buchstabierte Minna.

Schmidt klatschte in die Hände: "Jeburritztach!!! Det isset!!!", rief er entzückt im ostpreußischen Dialekt seines Onkels mütterlicherseits.

*

"Also, wenn ich es recht verstehe, hat man mir nach meinem Tode vor 65 Jahren das Gehirn rausgenommen und in Conaki verwahrt...?" - Schmidt war mit Guste allein, als er ihr am nächsten Morgen diese Frage stellte. Er wirkte seltsam verändert und ihre Antwort war ein heftiger Schreckenslaut. Schmidt versuchte es anders: „Hirn! Rausgenommen! Conaki! Einlegen..., oalaga oder wat ihr dafür sacht. Warum?" - "Goanz recht!", krächzte sie, nachdem sie sich einigermaßen erholt hatte. "Weil für a Hirn, doa gibts nix Bessres." - „Nun, das will ich vorerst mal nicht bezweifeln. Aber eins muss ich genau wissen: Ist das Gehirn wirklich dasjenige, in dem alles Wissen aufbewahrt wird - und nicht etwa das Herz?!"
Er musste wieder alles sehr simpel formulieren, ehe sie sagte: "Sovui i woiß, isses des Hirn. Des Herzerl, des is die Liab, und des Hirn, des is dea Vaschdant. Frieher hoams imma des Hirn vum Feind g'fressn... "
"Jaja, gut, gut. Bah!... Wenn das so ist und ich hatte zuerst kein Hirn, und es ist mir aber eins nachgewachsen, kann dann darin ein Wissen von etwas sein, das ich gar nicht ohne Besitz dieses Hirns erfahren haben konnte?"
"Naa, des Wissn gähd vom Hirn in 'n Conaki und vom Conaki wiar ins Hirn zruck. Und wann's dia dea Herr ned persönli woas nei gibt,... weil von nix do kimmt aa nix", stellte Guste überzeugt fest.
"Es kann also sein, dass mir der Herr ein Wissen eingibt?" - „Jo freili! Obba fei ned jeadn Hanswurscht."
"Mag sein..., mir aber schon?"
"Na, selbsveastängli, Nikolo. Woas denkst 'n du? Wann dea Herr

dia a Hirn woachsn lasst, tuada dia aa ois nei, woas brachst! Gäi?", fiel Guste plötzlich ein.

"Dann hat mir der Herr heute Nacht etwas höchst Bedeutsames eingegeben, das alle Menschen wissen müssen", schloss Schmidt aus dem Gespräch mit der alten Rotnase, um die nächsten Stunden wieder stumm vor dem Kamin zu sitzen.

Am frühen Nachmittag sprang er auf und ließ die Gemeinde auf den Dorfplatz bestellen. Minna und Marie standen glücksstrahlend bei ihm. Endlich zeigte ihr Nikolo Format, trug vor allem wieder die Mütze, die sie ihm frisch gewaschen und geplättet aufgepflanzt hatten. Sie veranstalteten ein holpriges Singspiel, das sie auf die Schnelle mit ein paar Trunkenheimern geprobt hatten, und schon hievte er von Marie gestützt das Kalendarium an der 27sten Tafel, die hübsch mit roter Ballonseide eingefasst war, in die Höhe. "Denn wird im janzen Land am 27sten Januar Jeburritztach jefeiert!", eröffnete er feierlich, ohne noch etwas nach zu liefern. Es war wie abgeschnitten. Er wirkte plötzlich weit weg.

Marie erklärte den Leuten, genau habe man ihn nicht verstanden, nur soviel, dass er ein höchst bedeutsames Wiegenfest meine, das er gleich benennen werde. Man wartete geduldig. Das ferne Schnauben eines Beutelpferds brach in die Stille.

"Kruzitürken! Dea's fei scho g'wesen", bemerkte der Sepp ungeduldig. Schmidt wachte verstört auf: "Wah?! Dähmlack! Vom nächsten Jahr an! Verdammte Sozialisten! Jedes Jahr! Mit allem Prunk und Gloria! Und jedet Schuljör kriegt ne Schrippe! Strammjestanden! Amen!"

"A woas kriagt woas?", hörte man Alois. "V'lleicht a Watschn?", zuckte der Sepp die Achseln. Zwei Leute, die am 27sten Januar Geburtstag hatten, drängten sich erwartungsvoll vor.

"Unfug!!! Wegetreten!!!", maulte er sie an. Dabei stierte er mit hochgerissenem Arm zum Himmel, der mit ein paar Federwölkchen geziert war. Eine Wolkenspielerei ließ ihn das Ersehnte prompt erblicken: "Da! Da oben! Det isser! Seht ihn euch an! Und sein Helm! Ha! Welch schneidig Spiel der Federn!"

Wieder entstand eine lange Pause und die Rotnasige stahl sich davon, um Conaki zu holen. Franzl nahm ihr den viertel Liter mit ernster Mine ab, schlug ein Kreuz darüber, reichte ihn an Schmidt weiter. Eine Handbewegung beendete die Unruhe: "Federn? Hoast oan Engel g'sehn, Nikolo?"

Schmidt ließ sich Zeit. Die Glut der auf dem Lavaboden gewachsenen Sonnentrauben stieg ihm zu Kopf und ließ, nachdem er sich kräftig eine runter gehauen hatte, Milliarden neuer Sterne aufblitzen.

"Hurraaa!!! Hurraaa!!!", schrie er plötzlich, wie in einer Super-Nova. "Hurraaa!!!" - Das Trommelfeuer der entfesselten Neuronen war verheerend. Sein Geschrei wurde brüchig, er salutierte und erstarrte in der Bewegung, begann zu schlottern, schließlich zu krampfen und zu schäumen wie ein heidnischer Schamane, in den alle Dämonen auf einmal gefahren waren.

"Weiter! Weiter!", rief Franzl euphorisch. "Hoast noh sonst woas g'sehn?"

"Denk nach, oider Hoizkopp!", krächzte die Alte und bekreuzigte sich kichernd.

Schmidts rechter Arm zuckte wie unter Stromschlägen. Er machte eine halbe Drehung, fiel sanft und streckte alle Viere von sich. Man trug ihn zu Bett.

Die enge Stube füllte sich. Er riss die Mütze herunter, reckte den glühen den Kopf aus den Kissen, schnappte wie ein Fisch, suchte nach Worten, wie ein Kind, das Unerhörtes gesehen hatte. Der Schaum aus seinen Mundwinkeln flog in Flocken davon. Sein nasses wirres Haar ließ ihn bedauernswert komisch aussehen.

"Weiter! Weiter!", drängte die Menge. Joseph Schmidt bäumte sich verzweifelt auf.

"Jeburritztach! Käiser! Jeburritztach!", wimmerte er.

Er klammerte sich wie ein Ertrinkender an diese eine lächerliche Erinnerung. Schaudernd sahen sie ihn hemmungslos weinen und dabei schlottern wie ein Rüttelsieb, worauf er sich nochmals aufbäumte, die Luft in einem mächtigen Seufzer entließ und statt zu sterben in einen langen tiefen Schlaf fiel.

Damit war der Geburtstag von Kaiser Wilhelm II eindrucksvoll als neues Fest in Findalloah verkündet. Noch wusste niemand mit dem Wort "Käiser" etwas anzufangen. Leute wie der Sepp spekulierten, es könnte jemand sein, der einen besonders guten Käse erfunden hatte. Jedenfalls konnte an der eminenten Bedeutung dieser Gestalt kein Zweifel sein. Franzl schickte Boten aus, das neue Fest in den Dörfern zu verkündeten. Aus dem Wantuxi-Dorf brachten sie dem Nikolo, zu den Genesungswünschen, einen großen, neuen Schinken mit.

## 2.18

## Erwachen

Sie hatten ihm den Schinken übers Kopfende gehängt. Das alte Messer darin stammte aus dem geheimnisvollen Solingen, und der Schinken bekannter Maßen von einer jungen Mauboa-Sau. Sie war von den Wantuxi-Meistern mit Delikatessen gemästet, Schweine-Delikatessen versteht sich - vergorenes Bodenfleisch aus dem Sumpf mitunter - und es war mittels eines feinen Röhrenknochens sanft im Schlaf zum Ausbluten gebracht worden. Das intensiv nach Rauch und Würze duftende Fleisch, fest und durchscheinend wie Alabaster, zerging beim bloßen Anschauen auf der Zunge.

Bisher hatte nichts geholfen, den Nikolo wieder an die Oberfläche zu locken, danach aber hatte er nach tagelangem Tiefschlaf zu schnuppern begonnen und war langsam erwacht. Er glaubte entsetzlich viel geträumt zu haben. Noch immer schien der letzte Traum nicht ganz veflogen. Noch immer spukte dieses Nikolausgedöns auf seiner Netzhaut, bis ihm klar wurde, dass es ganz real an den Wänden hing. Sein Blick war auch an Gustes Wandsprüchen hängen geblieben: "Wann's Oarscherl brummt, ist's Herzerl g'sund." - Und: "Guad kocht und guad Bissn is halbert scho g'schissn." - Und außerdem: "G'fressen hoama. G'schissn kimmt noh."

Für einen Moment klappte sein Empfinden um, war der Traum Wirklichkeit und die Wirklichkeit Traum, hatte der Nikolo geträumt, ein Mann Namens Joseph Schmidt zu sein, und daran gerätselt, was Gott ihm mit diesem Gleichnis wohl sagen wollte.

Als Joseph Schmidt die Oberhand hatte, überlegte er, wann er wohl hierhin in die Sommerfrische aufgebrochen war. Er versuchte sich an den Grund, die Planung und die Reise selbst zu erinnern, daran, wie er am Bahnhof ausgestiegen und wahrscheinlich per Postkutsche oder eher auf einem Ochsenkarren hier angekommen war. Oder war er mit seinem geliebten Steamer hier angedampft? Seine Erinnerung überraschte ihn stattdessen mit einer Seereise, Eingeborenen-Aufständen, der Flucht vor dem Standgericht, einer Irrfahrt in einem stinkenden Gummiboot, einem vierköpfigen Ungeheuer, einem mumifizierten Sankt Nikolaus und einer bildschönen Einheimischen mit einer Tabakspfeife, so über alle Maßen schön und der Tabak so himmlisch, dass ihn ein wehes Verlangen packte, bis ihn das qualvolle Gebundensein auf zwei Kreuze und die Angst vorm Lebendiggekocht-Werden ernüchterten.

Er trat an das mit neuem Tuch bespannte Fenster, kam mit den Riegeln nicht zurecht, blickte zur Tür, kehrte unentschlossen zurück zum Bett, blieb beim roten Mantel am Wandhaken stehen. Seine Hände fuhren zum Kopf, dann hielt er die Mütze in ihnen. Er hängte sie schwindelnd über den Mantel, der über der Uniform hing. Er stieg wieder ins Bett. Seine Regimentsstiefel! Wie unpreußisch vergurkt sie dastanden!

Fragen über Fragen.

Sein erster Eindruck, dass er sich in einer kleinen Pension im tiefsten Bayern befand, schien zu stimmen. Aber welch ein jämmerlicher Rückstand herrschte hier: Kein Waschbecken, kein Spiegel, kein elektrisches Licht. Nicht einmal Fensterglas. Er versuchte es erneut, löste die Riegel, schlug das Fenster auf und er blickte hinaus auf die fränkischen Häuschen mit ihren Gärten.

Es regnete. Der Kochdunst von Maische hing zum Schmecken

dicht in der feuchten Luft. Die löchrigen Berge waren dunstver-
hangen. Die Silhouetten der Tiere, hinten auf den Weiden, wirk-
ten wie normales Vieh. Er musste wahrhaftig im tiefsten Bayern
gelandet sein, im letzten vergessenen Winkel der Welt.

Und nun diese plötzlich hereingetretene Frau im Dirndl mit dem
Stapel grauer Tücher auf dem Arm. Ganz grau waren sie nicht,
sondern hier und da lugte ein gesticktes Nikoläuschen heraus.
Er sah sie verwundert an. Ganz fremd erschien sie ihm nicht. Sie
schien die Zimmerwirtin zu sein.

"Grüaß Gott, gnädiger Herr! Na, guad g'schloafn?", trällerte sie.
Der Dialekt überzeugte ihn. Aber es war Marie, die gekommen
war, um seine Windeln zu wechseln.

# Dritter Teil

## Rundreise

### 3.1

### Kängurufüße

Juni 1911. Das Land war in ganzer Pracht erblüht und Schmidt war nach Franzl der dickste Mann im Dorf geworden. Der Rest seines hellblonden Haares, sein Bart, seine Augenbrauen - sie waren fast weiß, die Nase rot, die Wangen spack. Sein Bauch spannte schon wieder die rote Ballonseide eines neuen Mantels. Kurzum: der Weihnachtsmann, wie er im Buche stand. Kochen konnte sein Völkchen vorher schon, aber jetzt, da er sich lebhaft an die Feldküche von Houa erinnerte, wusste er es mehr denn je zu schätzen. Essen, trinken, rauchen, faulenzen soviel er wollte! Nicht nur dem Conaki, auch dem Bier aus irdenen Humpen sprach er zu. Und Gustes Bankiva-Scheiben - Pfeif auf die Flatulenzen! - waren nach den Wantuxi-Schinken sein Leibgericht. Ein Leben wie Gott in Frankreich, ohne einen Finger zu rühren! "G'fressn hoama. G'schissn kimmt noh", begann er sich nach den Mahlzeiten mit der Landessprache anzufreunden. All das übertraf die kühnsten Schreibtischträume unter dem nikotingelben

Gummibaum am Tor zur Welt. Wenn er jetzt noch mit seinem Steamer umherstochen könnte..., ach, dachte er, man soll nicht mit dem Schicksal hadern. Auch die Spelunken von Sankt Pauli konnten ihm gestohlen bleiben.

Er dachte an seinen Vater, der ihm so oft aus der Patsche geholfen hatte, und er hätte, als Herr einer Insel, mal gern sein Gesicht gesehen.

Alle liebten ihn. Widersprach man, war es milde. Seine Frauen lasen ihm die Wünsche von den Augen, wenngleich ihnen der Lack schon abhanden war, so dass er gar nicht alle Wünsche hatte.

Sei's drum! Vater werden war nicht schwer - hier fehlte jegliche Erinnerung - und man durfte auf den angekündigten Nachwuchs gespannt sein. Geheime Rezeptur. Wie auch immer.

Er fluchte seltener, wusste aus der Bibel zu zitieren, war von sich aus auf Franzl zugegangen und hatte Zeremonien geleitet. Nie ganz fehlerfrei, immer ein bisschen den *Hohlkoffertn* g'spielt, damit man ihm nicht plötzlich zuviel abverlangte. Wunder womöglich, was dann? Er bemerkte nicht, dass Franzls Herz seit der Heirat gebrochen war, wohl aber, dass das Schicksal es gut mit ihm gemeint hatte.

Er war jetzt der Große Häuptling, der König einer Insel. Er galt als vom Tode auferstandener Gottesbote, als der höchst angesehene Mann der Welt, dem eine wunderwirkende Ausstrahlung unterstellt war, selbst wenn er lediglich verdauend auf der Gartenbank lag. Wenn er besoffen und mit einem Bankivabauch durch die morschen Latten flatulierte, durch die Lücken der imposanten Blutsbäume beiläufig über den See nach Wantuxi schlinste und sich sonstwo kratzte. Was konnte ihn da erschüttern? Die unermessliche Verantwortung?

Bis auf einige überbrückbare Lücken, hatte er alles wieder parat. Er wusste seinen Namen, er war wieder Joseph Schmidt, und er wusste auch wieder was er angerichtet hatte. Diese Erkenntnis trübte sein Glück, denn die Vollstreckung des Urteils, jawohl, des Todesurteils stand an, wenn man ihn aufspürte.

Sein Reittier hatte, bis auf den Nutzen, mit einem Pferd nur wenig gemein. Es war ein ponygroßes Beuteltier mit einem langen, bogenartig abwärts gekrümmten Kopf, der ihm erlaubte, fast ungebeugt zu äsen, schläfrigem Blick, warzig herunterhängender Unterlippe und struppigem Borstenfell mit feiner, begehrter Winterwolle darunter. Es war ähnlich gestreift wie der Tasmanische Tiger und hatte ähnlich ungeschlachte Läufe wie das Mangadauron, war aber immerhin vier- statt sechsbeinig.
In jedem Dorf gab es viele dieser gutmütigen Gesellen, die an den Pflug oder einen menschlichen Hintern auf dem Rücken gewöhnt waren. In den Beuteln der weiblichen Tiere pflegte man Proviant oder kleineres Gepäck zu befördern oder Speisen warmzuhalten. In Voglheim kam als Kenner-Spezialität jener Käse auf den Tisch, der bei einer Überproduktion von Milch in den Beuteln reifte, wenn man die keimhaften Jungtiere heraus nahm.
Schmidt hatte sich schwer getan, mit diesen Tieren Freundschaft zu schließen. Er fand sie hässlich, hinkend und stinkend. Man gab ihm dann eins, das ihrer Meinung nach untypisch lief, rieb es mit rotem Eukalyptus ab, worauf er es in Besitz genommen hatte. Sein Gefühl, auf einen Sack Brennholz in Gelee zu sitzen, wurde mit festen Decken gemildert. Dem Tier darunter hätte ein mittleres Beinpaar gut getan.

Der Vorschlag des Rates zur Rundreise war ihm sehr gelegen gekommen. Er war bereit.
Die Exkursion begleitete an Franzls Stelle Elisabeth. Es folgten der übrige Rat, der Herr Doktor, ein paar kräftige Gehilfen sowie Minna und Marie, die immer noch schlank und agil waren. Dazu ein paar Beutelhunde. Vorher waren schon Boten in den Dörfern

gewesen und hatten alles Mögliche zu seinen Ehren veranlasst. Sie hatten auch die Pfade, wo nötig, breiter gehauen, Unebenheiten mit Reisig und Lehm aufgefüllt und massenhaft Stinkpilze beseitigt, unter denen eine Gegend besonders litt.

Die nachrückende Gesellschaft war durch Wälder und offenes Uferland über Fladenheim, Duruma, das verlassene Kilrytan im Stinkenden Wald und dann um den See herum, über eine gefährliche Furt, nach Wantuxi gezogen. Von dort war es später wieder gen Norden zu den beiden Siedlungen am Otaglis gegangen, dorthin, wo Pfarrer Xaver und Pfarrerin Kristl sich nicht ausstehen konnten und wo jene verlassene Erzgrube lag, die Findalloah einst mit Eisen versorgt hatte.

Aber der Reihe nach: Vier Stunden nach Aufbruch war man im festlich geschmückten Fladenheim zur großen Mittagstafel eingetroffen. Es folgten Mittagschlaf und Kaffeefassen, danach ein paar Runden Oxnkopp, die Schmidt gewann. Spätnachmittags ritt er einer Prozession voran und segnete das Dorf, die Äcker und die Stellnetze, gefolgt von Festbankett mit Rede, Spezereien, Weißbier und Conaki. Dann zu Bett.
Morgens etwas unpässlich weiter durchs offene Uferland nach Duruma, nochmal vier Stunden. Der letzte Abschnitt führte durch einen durchlichteten Wald grüner hohe Fichten mit vielfältigem Unterwuchs, die auf eine Zucht seines Vorgängers zurück gingen. Dort war noch nichts davon zu spüren, was sich weiter nördlich daraus entwickelt hatte. Duruma selbst war auf einer großen Lichtung mit Seeblick gelegen und alles verlief wie zuvor, bis auf eine Besonderheit:
Man saß bereits im "Grünen Fisch" zu Tisch, so hieß das Gemeinschaftshaus, passend zu Form, Farbe und serviertem Gericht, als man vor Schmidts Augen einem kleinen verheulten Jungen erlaubte, seine lattenlangen Schuhe auszuziehen. Man war gespannt, wie weit es mit der Wunderkraft des Nikolo ge-

diehen war, als jene Riesenfüße, auf denen grannenartiges Haar spross, zum Vorschein kamen.

Schmidt verkannte die Lage jedoch als Scherz, schluckte, rümpfte die Nase und schlug sich in einer Mischung aus Entsetzen und Heiterkeit auf die Schenkel: "Det ha'ick ja noch nie jesehn! Herr im Himmel! Wie kommt man denn an sowat denn? Nee! Wah! Is dit echt oda jebastelt? Ihr wollt mir faäppeln, wah?!" - Darauf der von tiefem Kummer gebeugte Vater: "Naa, dös fei ned, Ehrwürden. Doh schaugts, obs ned mein oarmen Bua ned huifen kennt. Abschloangn meang ma 's eahm ned."

Der gelenkige Bub schwang einen Fuß auf den Tisch. Ein paar Partikel fielen herab.

"Hö-hööö...Sportsfreund!", brachte Schmidt seinen Teller in Sicherheit. "Willste mir mein Futter mit Käse überbacken?! Ooch noch mit Kängerukäse, wah?"

Der Vater stieß tadelnd den Fuß vom Tisch: "Saubua! Des is da hoaliga Sankt Nikolo persöhnli! Saubua hundsfadammischa! Bitt' um Vergebung! Wirds buid?!"

Er tat es, Schmidt machte eine versöhnliche Geste und lächelte. "Nu je... allerhand! Det sieht ja vaboten aus!", besah er sich den Fall genauer. Er wurde ernst. "Fast wie..." - Er überlegte angestrengt, wie sein Vorgänger die Sache wohl angefasst hätte.

"Fast wie woas?", fragte der Vater. Schmidt fiel ein, was er inzwischen in den Schriften aus der Truhe gelesen hatte: "Inzucht, Mann! Die Kängurus bei den Australnegern, det kommt bei deren Inzucht raus! Ist det da deene Schwesta? Ihr wisst, dat ick det vaboten hab. Höm-höm! Nich grundlos, wie man sieht!"

"Na-naa, Ehrwürden, dös is mei Schwestr ned. Dös is Schatzerl, mei Fraa!" - Sein Ton war beinahe eine Spur zu rauh.

"Hmm, seltsam. Jüngsken... ähm... Bua, ähm, tust denn du auch tüchtig beten?"

"Naa, Nikolo, i hoabs scho moi vergessn", schniefte der Bub.

Dem beschämten Vater stieg das Blut in den Kopf.

"Da ham wir 's, Früchtchen! Ha-ha! Denn tuts ja wohl nich weiter Wunder, wah? Also: Beten! Dreimal tächlich. Zum Jottvater und zum Sohn. Und immer brav die Fiaß waschen. Ooch dreima tächlich. Kapitto?"

Das war viel verlangt. Der Junge nickte tapfer.

"Kannst ned du aa a Bisserl für mi betn, liaba Sankt Nikolo?", fragte er aber gleich. Die Rechte des Vaters begann zu beben. Schmidt war nicht sicher, wem es galt.

"Tue ick, Jungchen, tu ick. Fleißich wie ick bin! Weeste det nich? Ick bin dein Schutzpatron. Bete jeden Abend für alle Kinder, also auch für dich. Denk ma, wie jroß deene Mauken wohl sonst schon wär'n. Det jloopste doch wohl, wah?"

Minna bemerkte die Begriffsstutzigkeit des Jungen und übersetzte ins Bayerische.

Ratsmann Jackl hob lehrerhaft den Zeigefinger, Genosse Berti lächelte zustimmend und Ratsfrau Resi schaute in frommer Inbrunst auf den Nikolo, während die Augen der Eltern in stillem Dank aufglänzten.

"Hoast des?", fragte einer.

"Etz joa", lächelte der Junge unsicher.

Schmidt schenkte ihm ein paar angeweichte Printen aus der Manteltasche. Der Junge nahm die fuseligen Gebäcke ehrfürchtig und Schmidts Frauen sahen sich erstaunt an. Elisabeth zog eine einzelne Braue hoch. Das besagte Beten musste wohl in der allerheimlichsten Stille stattfinden.

## 3.2

### Findls Wald

Nach Kilrytan strebend wurde der Wald dicht und dunkel. Die Bäume, lebendig oder tot, standen fest in Reih und Glied. Hier wuchs kein Kraut, kein Unterholz, gab es keine Dickichte. Nur gerade Stämme, alle gleich dick, alle gleich hoch und dazwischen, pfeilgerade, die engen, düsteren Lücken mit ihren von Fliegen schwarzen Spinnennetzen. Der Boden war nicht mit Nadelstreu, sondern großenteils von bleichen Pilzen bedeckt, die aus Schichten ausgesaugter Fliegen hervorbrachen, während lebende Fliegen krabbelnde Teppiche und schillernde Wolken über Heerscharen von Maden bildeten.

Dieser Wald - durchgehend Fichten - stammte aus Findls Zucht und war zur Bereitstellung von Weihnachtbäumen gedacht gewesen, aber anstelle des Segens hatte sich diese sonderbare Symbiose in ihm entwickelt. Später hatte man überlegt, den fürchterlichen Wald weg zu hauen, aber im Gedenken an den Großen Häuptling hatte man ihn verschont denn von weitem machte er sich je nach Windrichtung auch ganz prächtig in der Landschaft. Jetzt war es windstill. Der Geruch nach Aas war so dicht, dass man ihn auf der Zunge schmecken konnte. Er überdeckte die Dünste der Beutelpferde und machte die Hunde ganz wild.

Schmidt kämpfte gegen den Druck seines Magens. Ein Seitenhieb in Elisabeths Richtung schien ihm angebracht: "Hier jab et wohl Tote, wah? Kleenet Scharmützel, wah? Hö-höö! Tragt die

Toten heraus!"

Elisabeth, Minna und Marie reagierten mit übertriebenen Würgelauten. Den Wald, sagten sie vorwurfsvoll, ertrage man hier zu seinem Gedenken.

"Zu meinem Jedenken? Zu meinem Vergnüjen wär mir lieber! Wat erdreistet er sich solchen Miefs? He! Doktor! Die Frauen isset übel. Jib ihnen ma wacker wat!"

Elisabeth lehnte den Conaki und den Ingwer des Doktors ab und sagte sehr ernst, der Gestank des Waldes wäre im Laufe der Jahre immer heftiger geworden und vielleicht stimmte doch etwas mit diesen grünen Bäumen nicht. Diese Schwammerln wüchsen ja nur unter ihnen. Der Ratsmann Jackl aus Duruma mischte sich ein und klagte darüber, dass man seine Warnungen nicht ernst nahm, denn wenn der Wind von Südost kam, hatte er nur einen kurzen Weg bis ins Sumpfland und könnte leicht die Sechsbeiner anlocken.

"Bei Jott, so also hat der Teufel meenen schönen Wald verdorben! Jut datt ick zurückjekommen bin. Werde selbst verständlich für ihn beten", behalf sich Schmidt. Solche Worte waren bei allen Kalamitäten gut angebracht. Besserten sich die Dinge, kam es ihm zu Gute, taten sie es nicht, war es Gottes unergründlicher Beschluss. Manchmal wurden solche Zusicherungen auch einfach von den Leuten vergessen. So konnte man sich über Wasser halten. Der Sepp, der alles mitgehört hatte, lachte und meinte, dass die ungelenken Viecher überhaupt nicht Bergsteigen könnten.

Die Einwohner von Kilrytan waren zum Teil in andere Siedlungen umgezogen. Ein anderer Teil war in die nördliche Wildnis hinter den Otaglis abgewandert und in Vergessenheit geraten. Schmidt war für einen Abstecher zu den traurigen Dorfresten. Hinter einigen zerfallenen Fassaden hingen noch Kreuze an den Wänden und lächelten etliche Nikoloreliefs. Es waren die Häuser der Familien, die als verschollen galten und es sah so aus, als hätten sie vorher dem Glauben abgeschworen.

Als Elisabeth die Kleinode sah, begann sie sichtlich entsetzt mit Hannerl, sie einzusammeln. Schmidt amüsierte sich im Stillen. Was war denn mit Elisabeth geschehen? Es gab mehr als genug Frommalien. Vielleicht hätte man besser nach altem Eisen suchen sollen, aber da sich Elisabeth wohl schon als neue Pfarrerin fühlte, dachte er, dass sie ihn auf diese Weise zu beeindrucken versuchte und ließ sie gespannt gewähren. Letztlich aber wusste man nie genau, woran man bei ihr war.

Es gab ein elendes Hin- und Herpacken, bis alles samt der Beutel der weiblichen Oxn aus den Nähten zu platzen drohte. Elisabeth wurde immer hektischer. Endlich packte sie den ganzen Kram wieder aus, zündete nervös ihr Kräuterpfeifchen und ließ ihn einfach liegen.

"Wat sollte denn det denn erjeben?", fragte Nikolo Schmidt.

Elisabeth lächelte gequält: "Ick tat nur, wie Ihr mir jeheißen."

"Wie ick euch jeheißen? Wie hieß ick Euch denn?", fragte Schmidt.

"Oh, i denk scho, des wissts noh. Ihr hoabts alldoawei die Glockn g'schwungn..."

"Frau Pfarr..., äh, Frau Rätin sprechen jern in Rätseln, wah?"

"Für die Deppen joa, füa die Oannern ned!", lächelte sie schmal und ließ ihn damit stehen.

Totes Dorf und stinkender Wald wurden gesegnet und mit einem Bann belegt damit das Übel weiche und nicht wiederkehre.

Die Gesellschaft zog unterm sonnenbebrüteten Tannendach weiter. Der Weg war schmal, am Rand verwesten überall von der Vortruppe weggehauene Pilze, die in ihrer Auflösung noch einmal alles gaben, und die Hunde mussten fast an den Leinen erdrosselt werden, um sich nicht in ihnen herum zu wälzen.

Die Reisegesellschaft hielt sich die Übelkeit mit Pfeifenrauch und

Ingwer vom Leib, den man schluckweise mit Conaki zerkaute und war bald - mit Ausnahme von Elisabeth - in bester Stimmung.

## 3.3

## Rennöfen

Nachdem sie weiter nördlich in Zelten übernachtet, die berüchtigte Furt mit einem feuchten Zwischenfall überschritten und den See auf dem Uferpfad nach Süden hin fast umrundet hatten, endete der Weg vor der Palisade der Wantuxi, die von Trunkenheim aus zu sehen war.

Die meterhohen Einfriedungen umfassten nicht allein das Dorf, sondern auch Wald und Flur und das Seeufer. Dahinter, nahe bei den Hängenden Felsen, waren die Meister der Schinkenkunst und anderer Fertigkeiten zu Hause.

Die Wantuxi hatten die Insel als die Ersten zu jener Zeit besiedelt, als der verlöschende Otaglis sein letztes Feuer würgte und hatten sie Tschegedha genannt. Von ihm hatte der Held Tiayuhaowee den Vulkangeistern der Sage nach das Feuer abgeluchst, worauf der altersschwache Berg erstarb und sie es bis auf den Tag in ihren Öfen unterhielten.

Bevor Findl kam, verstanden sie sich schon auf das Brennen von Keramik und Schnaps und die Kunst des perfekten Räucherns.

Die Eisengewinnung, das Schmieden und das Tabakrauchen waren durch ihn dazugekommen, aber nicht einmal ihre Vormacht im Schmiedehandwerk hatte bei den Wantuxi nach seinem Tod Machtgelüste aufkommen lassen. Stattdessen hatten sie die uneinnehmbare Palisade errichtet und ihre Eigenheiten dahinter bewahrt. Alles, was es wert ist, erreicht und erhalten zu werden, sagten sie, ist schwer zu erreichen und schwer zu erhalten. Aus dem widerlichsten Teil ihrer Vergangenheit hatten sie das Beste gemacht: In den Gefangenengruben wurden jetzt Mauboa-Schweine gemästet.

Die Trommeln schwollen, das Tor schwang auf. Pfarrer Simon trat ihnen entgegen. Der große kahlköpfige Mann strahlte vor Freude. Als Festhut trug er einen giftgrünen "Tiroler" mit einem bombastischen Gamsbart.

An diesem Tag hielt er den muskulösen Oberkörper bis zu den Händen wegen seiner Jugendsünden, nämlich wüsten Schmucknarben, bedeckt. Hinter den hockenden Trommlern stand eine karnevalistisch anmutende Tanztruppe, die auf ein Zeichen ihres Anführers näher rückte, angetan mit angeklebten weißen Bärten, roten Mützen und Strohröcken.

*"Das ist die Sonne, das ist der Mond! / Das ist das Leben, das ist der Tod!"*, dröhnten die Männer todesverachtend.

Und die Frauen sangen engelsgleich:

*"Nikolo kimm in unsa Hias,*
*schenk uns Zuckabrezn siaß,*
*steck die Ruatn wiadr ein,*
*mir wolln guade Christn sein!"*

Den Gruß erwiderten die Trunkenheimer Begleitburschen mit einem derben Watschentanz und abschließend lag man sich fröhlich in den Armen.

Simon, ein sehr herzlicher Mensch, drückte Schmidt an die Brust, voller Freude, ihn endlich so in Form zu sehen, wie er es in Trunkenheim gehofft hatte. Nach Franzl Ausschau haltend erfuhr er von dessen Krankheit, und dass Elisabeth ihn vertrat.

Er führte die Gäste zum Willkommenstrunk zu den Conaki-Destillen, zur Kalebassen-Brennerei und zu einer hochentwickelten Räucherhütte mit allerhand Kanälen, Klappen und Kammern für Seefisch und Mauboa-Spezereien. Tischchen waren mit Häppchen dekoriert, welche die Ankömmlinge sich, bis auf Elisabeth, anerkennend in die Backen stopften. Eine Sitzung in der Schwitzhütte, für die schon die Steine im Feuer lagen, war für den Abend vorgesehen, danach ein großes Essen und eine Nachtmesse. "Det lob ick mir", dumpfte es aus Schmidts Backen. "Hut ab! Det Fleisch is himmlisch!"

Die Segnungszeremonien waren für den nächsten Tag vorgesehen. Bis dahin wollte er seinem durchgewalkten Hintern Ruhe gönnen und sich an all dem Angenehmen erfreuen.

Irgendwo abseits sah er dann diese sieben kegeligen Dinger, die ihn an mehr als nur ebenmäßig geformte Termitenhügel erinnerten. Es schien aber Simon nicht recht, dass er genau auf diese zusteuerte und schließlich die Hände darauf legte. Die Gebilde waren feucht, teils moosbewachsen. Kaum einer wusste noch von ihrem ursprünglichen Sinn.

"Det sind doch..., det sind doch..., na sach et schon!"

"Des san quasi Öfen...", druckste Simon.

"Renn-ö-fen", schob sich Elisabeth vor. "Woißt des aa nimma, Nikolo? Die hoast suibs erfund'n." - Sie war ja plötzlich geradezu euphorisch.

"Abba det is doch wunderbaa!", rief Schmidt begeistert. Seine Gedanken überschlugen sich. Die elenden Pflüge, die abgewetzten Messer, die zahnlosen Sägen, die klotzstumpfen Äxte, die Zangen aus massivem Rost, die bis zur Auflösung herumgeliehen wurden..., und natürlich Waffen! Es gab gar keine!

Das war überhaupt der springende Punkt. Der Gedanke ließ Schmidt zusammenzucken.

"Klasse Dinger! Höchste Zeit, die ma wieder anzuwerfen, wah?", wurde er unternehmungslustig. Simon seufzte verlegen. Er dachtete, der Nikolo wollte sie segnen wie er sie der Überlieferung nach zu segnen gepflegt hatte, nämlich im vollen Betrieb.

"Die san bloß no so a Art Zierrat. So a Erinnrung oan die oide Zeid. Die gehn fei nimma mehr. Guade Kohle hoama grad ned, da Bloasbalg' is hie und 's Erz is eh aus. Erz hoam s' droben am Berg lang nimmer g'schürft."

Elisabeth deutete die intakten Blasebälge der Keramiköfen an, aber Simon warnte zur Antwort, es sei schon mal ein nasser Rennofen explodiert.

"Sie werden peng-puff moachn", gestikulierte er heftig.

"Odda weg renn'n!", kicherte der Sepp. Schmidt hatte kaum hingehört, kniete schon vor dem ersten Feuerloch. Eigentlich hatte er keine wirkliche Vorstellung von der Eisengewinnung, aber der Drang war geboren.

"Ma kieken kann wohl nich schaden", zwängte er den Kopf hinein, was Unfug war, weil die Schlote oben verschlossen waren. Er erschien wieder und setzte die Mütze auf. Simon und seine Leute atmeten auf, dass er die Egel nicht bemerkt hatte, denn trotz des Verbots von Nikolo Findl hatten sie nach seinem Tod wieder bunte Egel gezüchtet, sich tapfer Schmucknarben geritzt und nach alter Sitte die Palisade ums Dorf wieder errichtet. Nur für den Fall des Falles. Jetzt hoffte man natürlich, nicht aufzufallen, aber mit den Öfen schien es gerade anzufangen. Die Egel nannte man nicht umsonst "Kriegermacher".

"Ihr benutzt diese Öfen also gar nicht mehr?", fragte Schmidt.

"I hoabs fei scho g'soagt", seufzte Simon.

"Wozu, sagtest du, habt ihr sie mal benutzt?"

"Z'm Oarzkocha", nuschelte Simon.

"Zum Erz-Ko-chen", betonte Elisabeth.

"So so! Zum Verhütten von Eisenerz, wenn ich 's recht verstehe." Der Egel unter der Mütze hatte schon zugebissen. Schmidt stemmte die Hände in die Hüften und schritt zunehmend energischer auf und ab, während eine Art Glutball in seinem Magen anschwoll. Er bemühte sich noch gefaßt zu bleiben.

"Und wenn ich mich recht entsinne, ähem..., dann habe ich euch dazu vor langer Zeit befähigt!"

"Obba die Otaglia san Schuid...", warf Simon verzweifelt ein.
"Und die von Voglhoam... die hoams aufg'hört mittn Schürfen
Ned mir! Mir komm fei aa so guad üba die Rundn."

Schmidt stampfte schnaufend hin und her. Ihm ging auf, dass
er eigentlich viel zu nachsichtig gewesen war, auch mit sich
selbst.
Die aufflammende Wut schien ihm sehr berechtigt. Ein sirrender
Ton schwang in seinem Lamento: "Silentium, Sportsfreunde! Jetz
wird ma wat klaa! Wenn ick det hier richtig sehe, sind dit also
meene alten Rennöfen, die ihr verrotten lasst, ja? Keene Äxte,
keene Säjen, keene Hämma, keene Näjel! Nur abjefressene Messer und Scheren, n Witz von ner Zange und n Waschknüppel als
Fluch! Unter aller Sau, meine Herrschaften!!! Und det dickste
End, det kommt ja noch!" - Dann stand er einen Moment still,
bemerkte eine Betroffenheit in den Gesichtern, die ihm Aufwind
gab und fuhr fort: "Wo zehn Ähren sprießen!!! Könnten!!! Tuts
bei euch nur eine!!! Und warum??? Warum??? Wen wundert's!!!
Verrottete Schmelzen!!! Einjeschlafene Erzförderung!!! Verdammte Mangelwirtschafter! Faules Pack! Nicht nur, dass ihr die
verlausten Bergaffen mästet, nein! Ihr habt auch noch mein Je-
schenk des Himmels vor die Säue geworfen! Ihr habt die
Schmiedekunst zum Teufel jehen lassen! Aus lauter... äh, äh,
äh,... sozialistischer Faulheit! Bah! Zum Teufel!" - Er biss sich auf
die Zunge, um nicht vorschnell von Waffenbau zu reden. Aber
der Tag würde kommen. Die Meere wimmelten im Wettstreit
um neue Kolonien.
"Mir san joa fei goar ned Schuid", beharrte Simon kleinlaut.
Schmidt wurde noch zorniger: "Aha, ned Schuid! Kommt mir
noch so! Wenn's euch in die Suppe regnet, ist der Wind Schuld,
der det Dach abjedeckt hat, wah? Soll der doch neue Schindeln
aufwerfen, wie?!"
Die blanke Wut trieb seine Faust in den nächst stehenden Ofen,

um ihm eine unbedeutende Delle in der Kruste bei zu bringen. Er betastete seine blutenden Finger, trat noch ein paarmal nach und wechselte zu Offiziersmanieren: "Weggetreten! Rührt euch! Die Rösser spornt! Avanti! Marsch, Marsch!!! An die Arbeit! Nutzloses Pack!!!" Seinem Beuteltier wutschnaubend in die Flanken tretend verlangte er umgehend das alte Erzlager zu sehen, und weder das große Festbankett noch der nächste Aufzug der hüftschwingenden Tänzerinnen konnte ihn halten.

"Nehmt genug Schinken mit!!!", fiel ihm beim Anblick der geschmückten Rundungen ein, und Simon rückte sie unter verbissenen Tränen heraus. Die Hand des Nikolo sah übel aus, aber er benutzte sie wie immer. Seine besorgten Begleiter - besonders den Doktor - stieß er wütend weg.

## 3.4

## Tauchgang

Der Egel war ein Jungtier, dessen Biss nicht ganz so verändernd wirkte wie ein Überfall mehrerer Alttiere. Trotzdem knisterte es bedenklich in Schmidts Nerven und natürlich wuchs der Wurm auch. Harmlosenfalls, etwa wenn er sein Verdauungsschläfchen hielt, zog Schmidt die Frauen auf: "Saaren Se ma, Elspett, wat meenen Se, is det? Hat sieben Kleider, hat Angst vorm Schneider, wer se auszieht, muss weinen?" - Derlei bezog Elisabeth mühelos auf sich. Erfuhr sie die Lösung, in diesem Fall "Zwiebel", machte sie gekünstelt "äh-hä-häää".
Einmal gab sie zurück, irren sei männlich.
"Menschlich", korrigierte Schmidt, indem er ein gespitztes Hochdeutsche wählte, "männlich kommt ohnehin von menschlich, denn Mensch kommt von Mann. Deshalb ist es eigentlich egal, aber man sagt eben menschlich und meint beiderlei Geschlecht, weil ja auch beiderlei Geschlecht irren kann. Überdies bin ich sehr sicher, Verehrteste, dass Frauen öfter irren, was ein Exemplar derselben gerade wieder einmal unfreiwillig, hä-hähä, bewiesen hat. Im Übrigen sei das Meib dem Wanne Tunteran, Euer Hochwürdin. Und eigentlich geht mich das nichts an, ich bin ja kein Mensch."
"Fois die g'horsame hochwürdige Undadanin aa noh a Wort dazua soagn derff..."
"Na, derff ned! *Sakralujanorramoi!* Weggetreten. Amen."

In dieser Weise machte es ihm eine stinkstiefelige Freude, die Oberhand in jedem Dialog zu behalten.

Zu Minna und Marie sagte er allen Anwesenden vernehmlich: "Wenn ick mal tot bin will ich, dett meene Kinda mir fressen. Denn bin ick jut aufjehoben und muss mir nicht nochma mit Euresgleichen rumschlagen."
Es folgte wie zu erwarten Entrüstung, auf die er dann polterte: "Ick bestehe darauf, dett se mir fressen!!! Kanibuiin? Ick bin keen Mensch! Mit mir könnt ihrs machen! Trinkt mein Blut! Esset meinem Leib! Amen."

Schlimmstenfalls, und zwar wenn der Egel ihm einen frischen Biss verpasst hatte, stürmte er „Preußens Gloria" prustend auf seinen Beutelgaul voran, astschwingender Weise wütend auf Bäume einschlagend und seine Truppe anfeuernd.
"Wat sind det? Bäume??? Det seh ick anders!!!", brüllte er. "Stellt euch jefälligst vor, det wär der Feind!!! Natürlich jibt et Feinde! Die janze Welt ist voll davon! Glaubt ja nich, se fänden euch nich eines Tages! Denn seita dran! Ick kenn die Spielchen! Los jetzt! Rührt euch! Die Apokalypse hat se nich alle erwischt! Scheiße auch! Verfluchte Scheiße!"

Nach Voglheim, das am nächsten gelegen war, hatte er sich gar nicht führen lassen, obwohl der Weg dorthin von Groß und Klein mit Fackeln und Fahnen gesäumt war. Sie hatten ihn nicht interessiert, sehr hingegen Kristl von Otaglia, das schöne Tabakmädchen vom Felsendom, an das er häufiger dachte. Kristl war aber nicht erschienen.
"Werde sie einfach heiraten und die beiden Schroddln können uns dann bedienen", entschied er tagträumend.
Mit seinen Begleitern, einigen Fremden, den Ratsleuten von Otaglia und dem unverwüstlich treuen Xaver im Schlepp hatte er sich dann bergan zur Erzgrube führen lassen. Sie zeigte sich als

enge Schlucht mit steilen Wänden, an denen morsche Stiegen lehnten. Von der Sole, in der das Wasser stand, empfing sie ein Froschkonzert, in der Nähe trieben aufgeblähte Kadaver in der Größe von Schafen. Die Ankömmlinge hatten sich auf den krachend niedergetrampelten Stengeln des Roten Riesenknöterichs breit gemacht, der die Abraumwälle überwuchs. Weiter kam man wegen dichter Dornranken nicht.

Da hinten, am anderen Ende, auf Otaglier-Gebiet, da habe man damals aufgehört, des Wassers wegen, sagte Xaver. Man hätte versucht, es mit Eimern an Stricken heraus zu holen, aber es sei aussichtslos gewesen. Es regnete zu oft hier oben.

"Det heeßt, et dürfte noch wat zu holen sein?", fragte Schmidt.

"Det heeßt et", sagte Xaver in Schmidts Dialekt.

Schmidt fuhr wie der Teufel aus der Haut: "Jo freili heeßt det imma noch bei euch. Scheiß dir ja nich ein bei mir, Männeken. Wat mein Sohn is, det bestimm ick! Und jetz schick mir mal 'n paar Jungs zum Nachsehen runter."

Ein paar Eifrige waren schnell gefunden. Der erste setzte gleich in voller Montur seinen Fuß auf die nächste moosige Stiege und abwärts ging es mit ihm samt dem zerfallenden Gestell. Er machte ein Riesengeschrei, obwohl die Tiefe zum Ertrinken nicht reichte.

"Schnauze da unten! Los! Hinterher!" - Schmidts Hand glitt zum Knauf der Rute, an deren Stelle in Houa die berüchtigte Nilpferdpeitsche gesteckt hatte. Jetzt zeigte sich seine enorme Macht. Die jungen Männer zögerten keinen Sekunde und stürzten sich blind in die Tiefe, als seien dort Netze montiert.

Einen traf es besonders hart: Er war wie in einen riesigen Germknödel mit den Beinen voran in einen der haarlosen Kadaver gesprungen und schaute nur noch mit dem Kopf heraus. Alles, ob oben, ob unten, schrie vor Ekel und Entsetzen auf. Aber was um Himmels Willen machte Schmidt? Er nahm Anlauf und sprang hinterher. Ein mächtiger Aufplatsch, sein Mantel blähte sich zum Ballon, dann hatte er ihn abgestreift, schwamm in geübten Zügen zum Ende des Grabens und tauchte ab. Nach einer Weile, in der alles den Atem angehalten hatte, stieg die Mütze auf. Schwarz vor Schlamm folgte ihr ein augenloses Etwas mit einem aufgerissenen runden Loch. Schmidts nach Luft schnappender Mund. Dann hörte man ihn Mark und Bein durchdringend singen:

*"Der Herrgott, der das Eisen schuf,*
*der wollte keine Knechte.*
*Er legte Hammer, Axt und Schwert*
*dem Manne in die Rechte!"*

Schon war er wieder verschwunden.

Seine Frauen waren wimmernd in die Knie gegangen. Die Mehrheit lief kopflos umher. Einige hatten den jungen Männern an verknüpften Kleidungsstücken hinauf geholfen, und bald folgte auf gleiche Weise der schlammtriefende Nikolo. Ohne Mütze, ohne Mantel, in Uniform und Stiefeln, die Rute war weg. Er begann die Taschen zu leeren. Währenddessen puhlte Marie ihm den nun deutlich prominenten Egel aus dem Haar. Der schillernd bunte Wurm krümmte sich träge, sein hungriges Saugwerk pulsierte vergeblich mit seinem Ring spitzer, blutiger Zähnchen. Dann hauchte er unter Maries Sohle sein Leben aus. Schmidt, sein Taschenleeren unterbrechend, bückte sich nach der leeren Hülle: "Ei, ei, sieh an. Welch lieblicha Jesell. Ein Pralinenwurm. Ein..." - Er zögerte und entließ den angestauten Atem. "Ein Geschöpf, ähm, wie wir alle. Ein Geschöpf Gottes nach seinem unergründlichen Plan. Nicht wahr, Elisabeth? Nun aber ist gesät verweslich und wird auferstehen unverweslich. In Ewigkeit. Asche zu Asche. Staub zum Staube. Schlamm zum Schlamme. Amen. Rührt euch. Helm ab zum Gebet!"

Eine Erklärung für die Unverschämtheiten des Nikolo war damit gefunden. Ein großes Aufatmen allerseits und ihm waren sämtliche Querschläge verziehen. Ohne weitere Sentimentalitäten kickte er das schlaffe Ding in den Abgrund und wandte sich seinen Fundstücken zu. Viel Mist, aber dann: Ein kleiner rötlicher Scherben wie von einem kaputten Blumentopf! Erz! Schmidt sprang umher, wie ein vom Pralinenwurm Gebissener nur umherspringen konnte und jubilierte:

*"Oh Erzengel Gabriel!*
*Dich wolln wir preisen*
*mit dem Liede vom Eisen!*
*Kling, klang, kling-kliwing, ich bin der Schmied!*
*Lustig klingt der Hammer zu meinem Lied!"*

Mütze, Mantel und Rute wurden von nochmal Hineingesprungenen nachgereicht.

## Vierter Teil

## Der Bart des Nikolo

### 4.1

### Lemminge

Ihm träumte.

Er erwartete Kristl.

Sein Blick fiel hinaus auf den strahlenförmig gepflasterten Hauptplatz. Im Zentrum der Strahlen prangte ein Monument mit hocherhobenem Rutenbündel, auf dem Haupt eine in Gold getriebene Zipfelmütze, die aus einer flachen Eisenkrone wuchs.

Der Himmel war silbergrau, es regnete in Strömen. Er sah eine Pferdebahn, auf der sich die hässlichen Tiere triefend, Huf um Huf nach Eisenhafen mühten, dorthin, wo eine Klippe aus Eisenblöcken unaufhörlich wuchs, wo Strand und Meer rotbraun von Rost waren, während die heiseren Treiber "Vorwärts!" schrien.

Der viele Rost auf dem makellos weißen Grund beunruhigte ihn.

Und dann sah er in wundersamer Vision, wie die Tiere, von keuchenden Lokomotiven mit dampfenden Stopfbuchsen und fetttriefenden Gestängen, unter donnernden Wolken erlöst, über eine Weiche ins Schlachthaus liefen, während die Lokomotiven noch mehr eiserne Lemminge noch schneller für die Bäuche der anrückenden Frachtschiffe an die Klippen schafften. Und wie die erzträchtige Flanke des Otaglis schrumpfte, während auf der anderen eine wunderbare Zivilisation erblühte.

Den Platz umstanden die St. Nikolo-Kathedrale, das Opernhaus, die Bank, die Post, das Kaufhaus, die Akademie, das Gericht, das Minna-und-Maria-hilf-Hospital, blumengeschmückte Cafés, Schankstuben und Restaurants, vor denen Kaverya nippende Damen mit langen Zigarettenspitzen und kurzen Kleidern saßen.

Fast alles war in irgendeiner Form nach ihm benannt: die Zigarettenfabrik "Nikofaktum" mit der Marke "Niko-Extra", aber auch die Strafanstalt über den düsteren Steilhängen. "Sankt Nikolo-Zuchthaus" konnte er über dem Portal im Relief einer eisernen Rute entziffern.

Die Sonne kam heraus. Dampfgetriebene Personengefährte, Lokomobile, die seinem Steamer nachempfunden waren, rollten zischend vorbei. Gelenkt von Chauffeuren, deren zigarrenschmauchende Herrschaften ihm mit den Zylindern winkten.

Bergabwärts woben die Schlote rotbraune Giftfahnen in den Wind.

Er sah, dass der Boden der gerodeten Wälder von der gleichen Farbe war und den Schlamm der Berghänge die Flüsse färben. Wie damals durch die Unwetter während der Aufstände.

Auf der Schattenseite lagen auch die Quartiere der Tagelöhner mit ihren direkten Wegen aus den Betten zu den Gruben und Gießereien, und wie ein Mann standen die Arbeiter zum Jahrestag Parade, tausend Mann zum Bild eines Einzigen auf dem

Platz der Himmlischen Vorsehung. Und den Sonnenhang des Vulkankegels schmückten weiße Villen mit Parks und Gärten, in denen es trauerweidenumstandene Teiche gab, aus denen sich kitschig schmachtende Marmorweiber und Putten, kitschige, traubenfressende Fabrikputten, als Wasserspeier reckten.

Ein großartiges Wolkenpanorama zog westwärts über Land und Meer und Wilhelm II nickte ihm aus einer Lichtpyramide zu und lächelte anerkennend voller Wohlgefallen, unter ihm eine Armada von Frachtern mit hungrigen Bäuchen auf dem Weg nach Eisenhafen.

Schmidt seufzte erleichtert: Die Rechnung war aufgegangen! Das Wohlwollen des Kaisers hatte ihm den Kopf gerettet! Voller Stolz betrachtete er den ersten Erzsplitter, der in Gold gefasst auf seinem Schreibtisch stand. In diesem Augenblick klopfte es.

Kristl, jetzt Bischöfin von Deutsch-Nikolonien trat ein. Sie legte ihr kesses Mützchen ab, bauschte die Locken auf und räkelte sich mit hochgleitendem Pelzsaum in Schmidts Ledersessel. Er stand weißbärtig in Mantel und Mütze am Fenster und knurrte zufrieden: "Hou-hou-hou! Kiek dir det an, wie der Laden läuft!"

Ihre Gesten waren eindeutig. Doch gerade da geschah etwas am Monument: Das schmutzige Schemen eines halbwüchsigen Tagelöhners hatte sich mit einer Beißzange daran hoch geschwungen und schon fiel die gerade noch erhobene Rute auf den nassen Basalt! Sein Blick flog zu Kristl. Ihr plötzlich faltiger Mund war jetzt mit Schokolade beschmiert. Mit breitem Glückslächeln entblößte sie statt ihrer jugendlichen Perlmutt-Zähne braune faule Stümpfe in einem Brei aus Schokoladenprinten. Und dann war es nicht mehr Kristl, sondern die alte Rotnase, die zum Schrank hinkte, wie um Conaki hervor zu holen. Aber heraus kippte die Mumie vom Felsendom, der wie Rauch eine Wolke Motten aus dem Kragen stieg, während Beutelmäuse sippenweise aus den Ärmeln sprangen!

Er fühlte sich unbedeckt. Er stellte fest, dass er nackt in einem winzigen Nikolausmäntelchen dastand. Als er es über die Blöße zu ziehen versuchte, zerriss es wie feuchtes Papier und sein rechter Arm fiel zu Boden wie ein Stück morsches Holz. Da begriff er, dass er nur träumte.

Er stand auf, benutzte eilends das Nachtgeschirr und schlich zum Schreibtisch der Pfarrerin, an dem ein Öllicht brannte. Er notierte seinen Traum, tunkte die Feder nochmal ein und schrieb einen langen Brief an den Kaiser, den er später aber reuevoll zerriss.

## 4.2

## Blut

Sie waren am Vorabend in Otaglia angekommen. Das Gift des Wurms hatte bald ausgewirkt, aber bis zur Nachtruhe war mit Schmidt nichts anzufangen gewesen, außer ihn in einem dampfenden Zuber von Schlamm und Gestank zu befreien.

Im Pfarrhaus gab es ein ungenutztes Bett, eins von drei altbayerischen Bauernbetten, gebaut vom nimmermüden Fürchtegott. Das hatte man ihm zugedacht und er war dankbar in die blütenfrisch bezogenen Federn gesunken. Im zweiten Bett schlief Kristl, im dritten ihre dahin sterbende blinde Mutter, die nichts mehr begriff und unbeirrbar die Anwesenheit eines "jungen Mannes" für ihre schöne Tochter gelobt hatte, selig, dass sie das noch erleben durfte. Natürlich hatte Kristl sich das Wiedersehen der Beiden anders vorgestellt und sie entsetzt beschworen: "Obba des is dea Nikolo, dea Fürchtegott! Mutter, des is dei Vater! Schau doch! Sei´Mantel, sei´Mützn! Sei´ Boart! Erkennst denn du eam ned?"

Schmidt sollte ihr auf der Stelle begreiflich machen, ihr Vater zu sein, aber er hatte nur "ja, ja" gegrummelt, während ihm schon die Augen zu fielen. "Morjen is ooch noch ´n Tach."

Nun saß er mit allen Leuten beim Frühstück, einem fürstlichen Frühstück mit Kaffee, Schinken und Ei, war schweigsam und hing seinem Traum nach. Das Ende wollte ihm nicht gefallen.

Er schaute verstohlen zu der leibhaftigen Kristl herüber, die *an-*

145

*mutig* gebetet hatte, dann *anmutig* ihr Ei köpfte, *anmutig* über den Kaffee blies, *anmutig* Honig auf das beinahe weiße Brot schmierte. So helles Brot hatte er hier noch nie gesehen. Minna schlug ihm an den Humpen. Sein Kaffee werde kalt.

"Gaff ned, des is dei Enkelin!", zischte Marie ihm ins Ohr.

"Det weeß ick ooch", rang er sich ab, obwohl es schmerzte.

Normaler Weise hätte der Altersunterschied niemals gereicht und niemand wäre auf eine solch verrückte Idee gekommen.

"Habt Ihr denn gut geschlafen, Euer Emminenz?", fragte Kristl frisch und frei, klare hochdeutsche Worte, angelesen aus Findls hochdeutsch verfasstem Nachlass. Worte, die ihm herunter gingen wie geölter Honig. Das war etwas anderes als ein gekrähtes: *Hoast aa guad schloafa, Nickerl?!*

Zur Antwort seufzte er, dass Gott ihm einen Traum geschickt hätte.

"Er zeigte mir die wunderbarsten Dinge, aber dann schickte er mir unsägliches Leid."

Kristl, die er dabei vielsagend angeschaut hatte, legte den Kopf schräg und erwiderte seinen Blick voller Mitgefühl. Was musste das für ein Leben zwischen den Welten sein, von allen geliebt, verehrt, vergöttert und gefürchtet, und trotzdem einsam und allein mit dem Schmerz der Welt zu sein. Es lag so viel Verständnis und Aufrichtigkeit in ihrem Blick, dass Schmidt, dem ein solcher noch nie geschenkt worden war, sich gerührt abwenden musste, wissend, dass er ein verdammt armer Teufel war.

"Schön, dass Ihr hier her gefunden habt", sagte sie dann. Sie saß ihm gegenüber, nahm seine Hand. "Seid Ihr gekommen um zu bleiben? Otaglia dürfte Euch gefallen."

Schmidt stockte die Sprache. Marie schoss das Blut in den Kopf. Minna räusperte sich. Kristl hatte nicht vergessen, dass eine der Beiden mal geschrien hatte, sie solle ihr Froschmaul halten. Aber sie blieb gelassen, zog die Hand zurück und lachte auf: "Das würd' ich ihm natürlich austreiben, es sei denn, ihr wolltet mit ihm übersiedeln. Otaglia dürfte auch euch gefallen."

"Ick wär ja nich abjeneicht", brummte Schmidt. "Äh..., ooch wejen det Erz und so ..."

Kristl wand sich an Minna und Marie: "Da hört ihr´s. Und eure Kinder sind ebenfalls willkommen. Darf man nach dem werten Befinden fragen? Wann ist es denn so weit mit der Niederkunft?", fragte sie freundlich.

"Um die Weihnacht", knurrte Marie.

"Still! Des is unsa eigen Sach!", patzte Minna.

"Schön schlank seids noch", bemerkte Kristl mit einem kleinen Unterton.

"Woas hoast g'soagt?! Moagst uns ned glaam?!" - Sie fuhren fast geichzeitig hoch.

Der "Doktor" mischte sich geistesgegenwärtig ein und schwenkte siegessicher im Herüberkommen sein Stethoskop, jenes Archefaktum aus Findls Tagen.

"Des hoama glei", hängte er es Kristl ein. Doch es war nichts zu hören. Keine Herzschläge oder sonstwas. Minna und Marie wurden nervös, steckten sich ebenfalls die Stethoskop-Enden in die Ohren, wurden immer nervöser. Der Doktor hatte seinerseits gelauscht, den Kopf geschüttelt, sich wieder auf seinen Platz gesetzt und rüttelte erstaunt an seinem Instrument.

"Ich sag euch mal was", sagte Kristl mit sanfter Stimme, "und der Herr möge mir vergeben, wenn ich falsch liege und möge euch Trost geben, wenn ich richtig liege, aber unter euren Herzen wachsen keine Kinder. Wie konntet ihr das glauben?"

Minna und Marie verschränkten trotzig die Arme. Tränen rollten: "'S hoad nimma blutet. Und wanns nimma blutet, kriagst halt a Kind. So wie mir vom Nickl sei G'heimredsebdua. Stimmts ned, Nickl? Is des ned von dei' heilige Strahlungkraft?"

Schmidt nickte mit hilfloser Geste. Er schien einen Conaki zu brauchen. Aus dem Hintergrund erklang jetzt ein heiseres, pfeifendes Lachen.

Auch bei Xaver rollten die Tränen. Keiner hatte ihn bis dahin beachtet, doch er war schon an der Erzgrube vom Rat eingeladen worden, weil man gehofft hatte, die Querelen zwischen ihm und Kristl könnten nun endlich durch ein Machtwort des Nikolo beigelegt werden. Doch das alte Schwarzmaul hatte nichts dergleichen im Sinn, hatte mit schwelendem Herzen gelauscht, und bei Kristls Charme gegenüber dem Nikolo war ihm die Galle übergelaufen. Er hasste sie, er hasste Minna und Marie, er hasste Frauen überhaupt. Nach den Demütigungen in Trunkenheim war sein Neid auf Minna und Marie zu einem solchen Monstrum angewachsen, dass ihm zur Genugtuung das Miserabelste gerade recht war.

"Ihr seids oid!!!", kreischte er in zügelloser Erkenntnisfreude. "Aaaa-ha-haaa, oid!!! Oide Schroddln!!! Droggepunsn!!! Deshoib hoabts nimma g'blut!!!" - Mit einem Riesenkrach kippte er samt Stuhl um, weil er sich zu weit nach hinten geworfen hatte.

Da lag er.

Und siehe: Aus dem Winkel seines Mundes, seines zahnlosen, bartflusenumstandenen Mundes, der nicht aussah, wie ein Mund aussehen sollte, schwappte ein wenig Blut, ehe sein Blick erstarrte.

Der Doktor legte das Stethoskop an, strich ihm die Lider glatt und bekreuzigte sich.

4.3

## Dilemma

Schmidts Knie wurden weich, wenn er an Kristl dachte. Daran, wie sie sich in den Sessel seiner Residenz geschwungen hatte, daran, wie sie ihm tief in die unverstandene Seele geblickt hatte. Er wusste: um ihr Herz zu gewinnen, musste er sie wohl oder übel überzeugen, nicht ihr Großvater zu sein. Nötigenfalls indem er ihr die Reste ihres Vorfahren im Felsendom zeigte. Ob sie ihm dann gleich erleichtert um den Hals fallen würde? Oder würde etwas passieren, das ihrer Verwandlung in die alte Guste entsprach, und würde ihm nicht auch das morsche Nikolo-Mäntelchen reissen? Bedeutete es nicht die Entblößung seiner niederen Natur?
Eine Invasion ausländischer Kolonialisten könnte das Problem lösen. Seine Anbeter würden sich wundern, woher die Bleichgesichter kämen, wenn doch die übrige Menschheit in der Apokalypse vernichtet sein sollte. Dann könnte man leicht erklären, dass mit der Geschichte etwas nicht stimmte, dass Schmidt der auferstandene Nikolo nicht zwingender Weise sein musste, und dann stand er zwar da in seinem kurzen Hemd, aber Kristl hätte die Wahl.

Seine größte Sorge war dagegen das Eintreffen deutscher Kolonialisten. Dann würde es ernst. Der lächerliche Erzfund und der lächelnde Kaiser in der himmlischen Lichtpyramide machten ihm zwar Hoffnung auf Begnadigung, aber ach, welche übermenschliche Anstrengung war nötig, sie auf die erträumte und für ihn einzig denkbare Weise zu verdienen! Es würde Jahre und

Jahrzehnte brauchen! Schon der Bau eines einzigen Rennofens oder gar eines Hauses, selbst einer Hütte war kompliziert genug, geschweige der Bau einer mehrstöckigen Residenz und all dieser anderen Gebäude, einschließlich der Pferdebahn zur Küste. Einen Rennofen musste man erstmal gefüllt kriegen. Einen einzigen "Lemming" müsste man erst mal gegossen kriegen, geschweige eine ganze Klippe solcher Blöcke.

Und wie überhaupt wollte er die Leute bewegen, für mehr als den eigenen Nutzen zu arbeiten? Das würde sich wohl zeigen, wenn sie erstmal angefangen hatten. Ohne Eisen keine Pflüge, ohne Pflüge kein Korn, ohne Korn kein Brot und ohne Brot wieder Kannibalismus. Das war der beste Grund für den Anfang.

Wenn erst die Handvoll Pflüge und die paar Werkzeuge hergestellt waren - nur soviel wie nötig, die Zeit drängte - würde es ans Eigentliche gehen.

"Was man tun muss, soll man gerne tun", sagte er sich. "Werde ne Predigt halten, die sich jewaschen hat:

Zu mir sprach der Herr im Schlaf. Er sagte: Gebet dem Kaiser, was des Kaisers ist und lasst jedem von euch den hundertsten Teil seines Errungenen, und ihr werdet vom Kaiser zum Lohn den Wert von neunundneunzig Teilen an Ruhm und Ehre bekommen... Ruhm und Ehre – das ist gut!...Und wer zuvor gesündigt hat, ja, dem wird je nach Fleiß, unabhängig von dem was er glaubt oder nicht, ein Teil des Fegefeuers oder gar das gesamte erlassen. Denn die Arbeit ist der wahrhaftige Schlüssel zum Paradies. Eine neue Zeit wird kommen, eine neue Welt, und ihr seid auserwählt, an ihr zu bauen! Aber ihr müsst auch tüchtig sein, denn…"

Schmidt zögerte. Er war nicht sicher, ob man ihn verstehen würde. Wenn aber, dann würden sie den fruchtbaren Lava-Boden bis in den letzten Winkel mit Conaki-Reben, Kaffee und Tabak bebauen. Statt selbst zu essen, würden sie Mauboa-Schweine mästen und ihre Schinken würden sie auf die weite Reise gehen sehen. Sie würden Tag und Nacht Erz schürfen, Eisen zu "Lemmingen" gießen, die Bäuche der Frachter füllen. Sie würden bei einem Teller Grütze am Tag in Ketten auf Stroh gehalten, während man die Pelze der Wollxichter auf dem Kuhdamm spazieren trug.

Die Entdeckung in ihren Höhlen fiel ihm ein. Verdient hätten die Viecher es.

Das Traumbild vom Arbeiterjungen, der seinem Standbild die Rute gekappt hatte, ließ ihn schwanken. Sich auf Gott berufen kam nicht in Frage. Im Gegenteil: Gott hatte ihn eindeutig gewarnt, Gott, vor dem er als schamloser Lügner und Verräter stehen würde. Notlügen waren vielleicht etwas Anderes. Schmidt schlug sich mit ihnen durch, seit er wusste, wer er war. Würde man ihn hier auffinden und erkennen, ihn sozusagen als das Schwein von Houa ans Licht ziehen, würde man es standrechtlich schlachten, bestenfalls mit dem nächsten Dampfer nach Deutschland in ein Irrenhaus verfrachteten.

War es da nicht geraten, vorzeitig mit Hilfe von Eingeweihten seinen Tod zu inszenieren und sich wieder in den Felsendom bringen zu lassen? Dann bekäme er an jedem sechsten Zwölften seine Jahresration und hätte seine Ruhe. Aber wie lange? Der Schock der Soldaten beim Erwachen einer Sankt Nikolaus-Mumie wäre ein kurzes Vergnügen.

Schmidt spürte die Verlockung, sein mögliches Ende mystisch verbrämt zu prophezeien. Es gehörte nicht viel dazu, sich eine Geschichte auszudenken, aus der sich die Invasoren erklärten. Irgendeine Sache, bei der der Teufel die Hand im Spiel hatte. Pech nur, dass er schon den Kaiser als Engel des Herrn verkündet hatte. Er könnte die Soldaten als Unter-Engel erklären, aber sie würden unverkennbar Böses tun, das dann nicht passte.

Er könnte verkünden, der Kaiser sei jüngst vom Herrn abgefallen und suche nun mit seinen Vasallen die letzten Menschen zu beherrschen. Das mochte sogar der Wahrheit am Nächsten kommen. Er könnte seine Hinrichtung vorhersagen und einen neuen Mythos schaffen. Das würde ihn wahrscheinlich in die Hölle befördern, aber sein Völkchen hätte Halt und Hoffnung in schweren Zeiten.

Joseph Schmidt verwarf jede Anbiederung, jeden feigen Rückzug, jedes Brimborium und verlegte sich auf die Offensive. Gleich nach den ersten Erzfunden wären weder Pflugscharren noch Lemminge, sondern unmittelbar Kanonen zu gießen. Zur Gewinnung von Sprengstoff kam Salpeter von den Rändern der türkisenen Tümpel in Frage. Damit könnte man auch den Erzabbau beschleunigen. Sumpfgas tat es vielleicht auch. Man müsste es mit Schläuchen abfangen und sammeln. Die Schläuche könnte man aus den langen Därmen von Beutelpferden machen. Mit den Egeln der Wantuxi und den aufstachelnden Kannibalentänzen ließen sich selbst Badeschwämme zu Kriegern machen. Derlei wäre schleunigst zu probieren. Manöver müssten stattfinden, alles Verfügbare wäre für die Freiheit Findalloahs zu mobilisieren. Er hoffte, dass ihm noch genug militärische Schwächen der einstigen Kameraden und günstige Gegebenheiten in Findalloah einfielen, um strategisch im Vorteil zu sein. Bei Letzterem wurde er fündig: "Lasst die Mangadauren frei!!!", hörte er sich die Schlacht eröffnen. Ketten aus schwerem Guss klirrten, urgewaltige Eisentore kreischten in beindicken Scharnieren. Dann dröhnten die Todesglocken der alptraumhaften Giganten und die Hosenscheißer liefen direkt ins Verderben.
"Treibt sie ins Bodenfleisch!!! Weckt die Oskorongochs!!!"
Das Gezücht der Sümpfe sollte sein Festmahl haben!

## 4.4

## Nachts am Sarg

Sein Verbleib in Otaglia wäre ideal. Dort könnte alles zu einer runden Sache werden. Er befand sich dann in Kristls Nähe und könnte zugleich die Suche nach Erz organisieren.
Nun unterbrach er aber den Aufenthalt um Xaver nach Vogl-heim zu überführen. Kristl blieb ihm erhalten, denn sie gehörte mit den Ratsleuten zum Trauergefolge. Sechs Tage sollte es dau-ern, bis die Nachricht in die Seedörfer getragen und auch diese Rats- und Pfarrleute in Voglheim zur Beerdigung eintrafen. Sie alle kannten Xaver, seit sie denken konnten.

Es geschah in der Nacht vor der Beerdigung. Schmidt hatte be-schlossen, die nächtliche Totenwache zu halten. Tags schlief er aus, nachts saß er im gelben Licht rußender Dochte am Sarg des alten Schwarzmauls, das ihn am Felsendom so innig empfangen und so gern sein Sohn gewesen wäre.
Auf der anderen Seite stand, wie in Fels gemeißelt, Jasper, Xavers Ziehsohn. Jasper benahm sich immer merkwürdiger, wobei er auch nach alter Väter Sitte, eine große Tierkralle in der Nase trug, die er durch die Scheidewand gebohrt hatte.
Überhaupt waren die Vogelheimer eine Sorte für sich. Voller Widerborstigkeit. Irgendwas schien seit Tagen gegen die Ota-glier im Gange zu sein. Schmidt spürte es. Man konnte die Spannung greifen, bis Jasper plötzlich das Schweigen brach: "Ea

hoad di so g'liabt. Un etz hoast eahm dod hoambringt."

Schmidt fuhr zusammen: "Wah?"

"Die Otaglia hoam eahm umbringt, stimmts ned?"

Schmidt war so perplex, dass ihm die Worte fehlten.

"Die hoam eahm umbrigt, weil ea die Woahrheid g'soagt hoad, gell?", wurde Jasper deutlicher. "Des soag etz ned i persöhnli, obba des schwatzen die Leit."

"Na, die können morjen wat erleben", flüsterte Schmidt. "Aber DU hälst hier jefälligst den Rand. Sei still jetzt! Bete!"

Jaspers Unwillen wurde am rasch aufeinander folgenden Schnauben hörbar. Schmidt sah sich genötigt, Härte zu zeigen und befahl ihm zu gehen. Die Totenwache hätte Regeln und sei kein Affenpalaver.

"Des is mei Voattr!", protestierte Jasper davon stampfend.

"Und icke bin der Nikolo und er is MEIN Sohn!", triumphierte Schmidt unüberlegt. "Für dich ist er nur dein Ziehvater!"

"Und die Erzgruabn, die is imma noh oaf 'm Voglhoama G'biat!", warf Jasper die Kapellentür hinter sich zu.

"Sieh zu, datte Land jewinnst!", knurrte Schmidt ihm nach.

Er saß nun allein da. Der Disput hatte ihn wach gemacht. Er betrachtete den Toten im unruhigen Lichterschein und die ersten Gedanken, die ihm durch den Kopf gingen, verhießen nichts Gutes. Vielleicht würden die Voglheimer sein Vorhaben blockieren und es würde nichts mit dem Kanonengießen.

Dann dachte er an Xavers letzte niederträchtigen Worte, fast dass sie ihn heiter stimmten. Immerhin könnten sie bedeuten, dass er von Minna und Marie befreit war. Wie absurd, dachte er, Xaver deswegen auch nur ein Haar zu krümmen! Immerhin wäre der Weg zu Kristl dadurch nicht mehr ganz so dornenreich.

Er seufzte und schaute eine Weile zum Altar, dessen düsteres Nikolo-Geschnitz ihm hämische Fratzen schnitt.

Dann schaute er wieder zu Xaver und fuhr zusammen. Es konnte ein Schattenspiel der Öllichte sein, aber ihm war, als würde die Halsschlagader unter der papierdünnen Haut kaum merklich pulsieren.

"Oh Gott, er lebt!", dachte Schmidt.

Was hätte denn je einen besseren Beweis seiner heiligen Kraft liefern können? Vielleicht hatte er sie wirklich?

Sein erster Gedanke war, dass Franzl ihn vor Freude glatt zerdrücken würde. Und sein zweiter, dass alle Scherereien, die zwischen Voglheimern und Otagliern in der Luft lagen, hinfällig wären, wenn Xaver wieder lebte. Was, wenn dies kein Zufall war, sondern ihm das Schicksal, die Vorsehung oder gar Gott die höchste aller Gaben tatsächlich verliehen hatte? Hatte Kristl Recht? War er am Ende doch der Nikolo und nur über den Ursprung seiner Erinnerungen im Irrtum? War er am Ende doch nicht dieser Joseph Schmidt?

Seine Hand fuhr aus, um Xaver wach zu rütteln, hielt aber mittendrin inne. All diese verrückten Gedanken! Er hätte viel gewonnen, aber das Kostbarste verloren. Wie dumm, Kristl ein unschlagbares Argument für seine Großvaterschaft zu liefern!

Nein, nein, Xaver musste bleiben, was er war: tot, ein für allemal tot! Er hatte wahrlich lang genug gelebt!

Welche Ironie des Schicksals, wenn er ihm jetzt einen Strich durch die Rechnung machte! Als nächstes sah er, wie sich Stück für Stück Xavers Kinnlade senkte. Seine Hand glitt weiter, berührte sie, um sie wieder zu schließen, als ein kaum merklicher warmer Hauch sie streifte. Unfassbar, er lebte in der Tat! Aber es lag jetzt ganz allein in Schmidts Hand, die sich für einen winzigen Augenblick wie aus eigenem Willen fast unmerklich zur Nase bewegte.

"O Jott, verjib mir!", zog er sie entsetzt zurück.

Dann stand er auf und trieb alsbald samt großem Gefolge den Doktor vor sich her, der sich mit dem Stethoskop an dem Alten zu schaffen machte.

"Naa, Nikl, der 'sch dod."

"Bin i ned!", protestierte nun Xaver mit belegter Stimme, indem er sich aus dem Sarg erhob.

Alle waren in der Kapelle zusammen gekommen: Franzl, Alois, der Sepp, der Kare, Elisabeth, Hannerl, Vroni, Minna, Marie, der Jackl, der Bertl, alle anderen Rats- und Pfarrleute, soviel Volk wie noch hinein ging und natürlich Kristl auch. Alle, auch Xaver, brauchten erst mal einen Conaki und noch zwei, drei oder mehr. Da gab es Jubelrufe, Umarmungen und Küsse. Kristl strahlte Nikolo Schmidt stolz und glücklich mit ihren schönen Augen an, pries und lobte ihn gebührlich in einer spontanen Predigt.

Wie sie dann im Morgengrauen aus der Kapelle traten, ging Schmidt hinter dem Doktor. Auf seinem speckigen Kragen konnte er die Enden des Stethoskops liegen sehen, und siehe einer an: sie steckten voller Schmalz.

## 4.5

### Beichte

Die Auferstehung war gefeiert, die Folgen noch unabsehbar. Leichter wurde Schmidts größtes Problem dadurch nicht. Nach reiflicher Überlegung hatte er Mantel und Rute abgelegt und knetete die Mütze mit schwitzenden Händen. Er redete und redete, hier und da unter Tränen, von Städten, Straßen, Eisenbahnen, Schiffsverkehr, Matrosen, Kutschern und Soldaten. Von elektrischem Licht und dann von der Kindheit in Berlin, von seinen Eskapaden in Hamburg bis zum Aufstand in Houa, von seiner Schuld am Tod vieler Menschen, der Flucht, dem Irrweg zum Felsendom und dem Gedächtnisverlust.

Im Beichtstuhl des blitzsauberen Kirchleins von Otaglia hoffte er nichts zu riskieren und umso mehr zu gewinnen. Die Pfarrerin, hinter dem Gitter so nah und doch so fern, hörte ihm lange schweigend zu.

Als er fertig war, sagte sie: "Dir is nix zum vergeben. Du bist ohne Fehl und Tadel. Gehe hin und sündige fortan nicht. Der Herrgott segne und behüte dich."
"Wah? Hast de mir denn nich zujehört? Ick habe euch belogen, von dem Oogenblick an, an dem ick wusste, wer ick wirklich bin. Und mein Fluch is, dett ick weiter den Nikolo spielen muss, obwohl dit ne Lüje ist. Ick bin en janz normaler Sterblicher. Een ziemlich mieser, mit Verlaub. Meenste etwa, ick hätte den alten Xaver wirklich…"

"Der Herrgott segne und behüte dich", wiederholte Kristl mechanisch, fast wie unter Schock.

"ICH HABE GELOGEN. I HOAB AICH O A G ' S C H M I A T", buchstabierte Schmidt. "Ick bin nich der Nikolo, den ihr im Felsendom verehrt habt. Und dein Jroßvater, det bin ick schon jaa nich! Menschen pflegen nich, von den Toten auf zu erstehen. Dit waa Christus vorbehalten! Der alte Xaver war nur …"

"Obba Nikolo würd' niemals lügen", unterbrach ihn Kristl. „Und nu soagt der Selbe, der den Xaver oaferweckt hoad, dess ea ned dea Selbe is wie mein Großvater? Und des die Apokalypsn ned stattg'fundn hädd, und ea von dort kimmt, wo ois untergangen is? Wuiist mi etz prüafn, ob i standhaft bin?"

Kristl wäre dafür durchs Feuer gegangen, dass Findls erfundene Geschichten haargenau der Wahrheit entsprachen und die Ankunft eines Fremden übers Meer völlig ausgeschlossen war. Schmidt musste seine aufsteigende Wut unterdrücken.

"Ick kann et ooch beweisen", sagte er. "Eure Mumie, die sitzt noch im Felsendom. Dit hatt' ick schon Franziskus wissen lassen, also indirekt, aber er meente, det wäre ne Täuschung. Ick hätte ihr nur bei meina Herabkunft da sitzen jesehen. Aber se sitzt da. Hatte schon jedacht, ick hätt' mir verdoppelt oder wat. Ohne Mütze und Mantel versteht sich. Hier, det is dem Nikolo seine Mütze. Die ha'ick mir halt ufjesetzt, weil et kalt war. Ihr hättet nur nochmal hoch steigen müssen, denn hätt' die Sache von vorn herein anders ausjesehen. Schätze, ihr hättet mir an Ort und Stelle jelyncht. Abba so ha' ick halt Schwein jehabt, wie man bei uns sacht. Bloß ihr, ihr ward ziemlich blöde, mit Verlaub. So sieht det aus..."

Er erwähnte noch, dass am Strand sein Gummiboot mit dem ganzen Gedöns läge. Mit Rum, Zigarren, dreißig Büchsen Sauerkraut und dem schicken MG-8 plus Patronen.

Armer Nikolo, dachte Kristl. Sie hatte vom Sepp die Geschichte mit dem Hirn im Conaki gehört und war sicher, eine Erklärung für seine bizarren Einfälle zu haben. "I glaub dir", sagte sie plötzlich, "aa wenn i ziemlich überrascht bin. Fragt sich, woas mer mit dei'm oidn Leib moachen, den ma so lang verehrt hoam. Aber gut", fuhr sie nun im Findlschen Hochdeutsch fort, "wollen wir über die Aufgabe reden, die der Herr dir auf den Weg gegeben hat. Ich hörte schon, dass wieder Erz gewonnen werden soll, um unseren Werkzeugbestand aufzufrischen. Eine nötige, aber auch gewaltige Aufgabe, nit wahr...nicht wahr?"

Der Nachmittagswind spielte mit leisem "Bim" in der alten Turmglocke. Sie hatten den Beichtstuhl verlassen und saßen auf der Bank des Vorplatzes. Von hier aus hatte man einen grandiosen Ausblick über das Hochland, über die löchrigen Berge und das Sumpfland bis zum blass ahnbaren Meer.

Kristls Haustier, eine Beutelhündin, hatte sich zu Füßen der Beiden in den Schatten gelegt.

Schmidt kaute verlegen an den Innenseiten seiner Wangen. Kristls kindliche Unbeschwertheit tat ihm weh. Kanonen waren jetzt wichtiger.

"Darum seid bereit. Niemand weiß die Stunde. Ich komme wie ein Dieb in der Nacht. So spricht Christus der Herr", sinnierte sie. Schmidt überlief es kalt, denn er hatte seine Gedanken gar nicht ausgesprochen.

"Wieso sachste det?", fragte er schaudernd.

"Dit hat mia der Herr einjejeben", amüsierte sich Kristl. Das passe ja haargenau. Sie kämen wie Diebe in der Nacht, sagte Schmidt. Und man müsse bereit sein. Ackergeräte seien die eine Sache, Kanonen die andere. Kristl kenne die Schlechtigkeit derer, die da kämen nicht. Auch nicht ihre Waffen. Aber das Volk von Finallohah müsse sie entsprechend empfangen, wollte es nicht versklavt oder getötet werden.

"Fastehste det?", fragte er, "Ihr müsst euch verteidigen können.

Ihr braucht Waffen, die der Feind ernst nimmt. Und die könnt ihr nur mit meiner Hilfe bauen! Ob ick nun der Nikolo bin oda nich."

"Ich weiß nicht, was ich denken soll", sagte Kristl. "Was will denn dieser Feind von uns?"

"Lass mia ma überlejen. Ick sage ma, die machen det um..., um..., um - ma als einfachet Beispiel - Sachen zu futtern, die in ihren Ländern nich wachsen. In ihren Ländern wächst zwar jenuch zum Sattwerden, aber det is denen zu langweilig. Sie wollen Kaffee, Kakao, Appelsinen, Bananen, Kopra. Naja. Und dann Jroßwildjagd, Pelze, Elfenbein. Und Holz, Teak, Mahagoni und so. Det läuft so: Vor den Kolonialherrn kommen die Missionare. Ein falscher Nikolo kommt mit Tute und Rute, macht euch bange mit Himmel und Hölle, und ihr tut - naja, meistens - wat von euch verlangt wird. Verstehste?"

Beiläufig kraulte Schmidt das Tier, während er sprach, hinter den Ohren.

"Aber du bist doch der echte Nikolo. Du hast uns doch Frieden gebracht. Wir fressen uns nicht mehr gegenseitig. Und wir brauchen keine Waffen. Das ist doch gut."

"Ja, so ham die ooch jedacht, die Carl Peters für 'nen juten Mann jehalten hatten. Hinterher hat er den Sklaven die Hände abhacken lassen, wenn se zu wenig Kautschuk jeerntet haben."

"Des langt scho!", bekreuzigte Kristl sich. "Er möge ewig in der Hölle schmoren! Gott möge den Ärmsten die Tränen abwischen. Was ist denn Kautschuk?"

"Det is en dollet Zeuch. Kannste tagelang druff rumkauen. Diese Dandys nennen et Babbeljamm. Det vertiljen die berjeweise mit Zucker un Feffamünz. Kannste auch Jummiboote oda Automobilreifen daraus machen, denn mischt man det mit Ruß. Verstehste denn, warum ick meene Rolle weiter spielen muss? Nur wenn ick als Nikolo spreche, nur wenn ick et befehle, wird man..."

"Jo freili. Zum Glück bist ja du dea Nikolo. Und was ist Au-to-mo-bil-reifen?"

"Boh, det sind so schwatte runde Dinger, die man unter de Automobile schraubt. Ha! Ick hatte damals nen Stanley K Raceabout, bevor ick abhauen musste..." - Er geriet ins Schwärmen, während die Hündin ihm beiläufig die Hand leckte, mit der er in den Wantuxi-Ofen gehauenen hatte.

Kristl begriff nicht die Spur wovon er redete, glaubte aber, es müsse sich um Erinnerungen an eines seiner Vorleben oder gar die Zeit im Himmel handeln. Schmidt sah in ihre großen Augen und bemerkte das Schimmern ihrer makellosen Zähne zwischen dem scheuen, kirschroten Lächeln. Ihre Eckzähne waren auffallend groß. Das Haar umschmeichelte die zierlichen Schultern, die sich unter der schwarzen Kutte abzeichneten. Seufzend stellte er sich vor, wie es im Fahrtwind seines Steamers auffliegen und sie vor Freude jauchzen würde. Kristl war fünfunddreißig.

"Wie heeßt er eijntlich?", fragte Schmidt plötzlich mit gespielter Lässigkeit.

"Leika. Ea is a sie."

"Dein Schatz is 'ne sie?!" - Schmidt verzog das Gesicht, als hätte er in eine Zitrone gebissen. Kristl warf sich auflachend zurück. Der Schatz, den er wohl meine, hätte sich noch nicht vorgestellt.

"Naaa, des Hunderl is a sie ! A woaschechte sie, des soag i dia. Und schwanger is 's aa."

"Man sieht aber nichts", bemerkte Schmidt beinahe heiter.

"Mei, die sind noch so klein wie Bohnen. Moagst schaung?"

Schmidt blickte in den aufgespannten Beutel und sah etwas Wurmartiges. Ob das normal sei, fragte er. Er kenne das eigentlich anders, außer bei den Kängurus.

"Mei, des is halt der Unterschied zwischen Mensch und Tier", sagte Kristl, die nur die findallohischen Beuteltiere kannte. "Die

Tiere kennen koa Sünd, drum brauchen 's aa ned unter Schmerz gebären."

"Kristl", gab Schmidt plötzlich ungehalten seinem Drang nach. "Ick will et kurz machen: Willste nich meene Frau werden?"

Kristl warf sich wieder lachend zurück: "Als dritte Frau meines Großvaters? Jo, bist denn du total spinnert? Is des ned Inzucht? Inzucht un Vielweiberei? Was solln denn die Leit´ denken?"

Schmidt heulte auf: "Ick bin nich dein Jroßvatter! Ick bin Joseph Schmidt, deutscher Kolonialoffizier a.D.! Ick bin einundvierzig Jahr alt, habe noch nie vorher jelebt und komme aus einem Land jenseits des Meeres, wo et noch viele, viele Länder und Völker jibt! Da wird ja der Hund inner Pfanne verrückt! Glaub mir doch endlich! Braves Hunderl, jaja, brav!" - Er tätschelte dem hechelnden Tier nervös den Hals. Sie könne Joseph zu ihm sagen, reichte er nach, aber Kristl überging es.

"Dann musst du viele Jahre auf dem endlosen Meer umher geirrt sein, Nikolo. Die alte Welt gibt's schon loang nit mehr, wegen ihrer Sünden. Schau: nie ist nach dir jemand hierher gekommen."

"Liebste Pfarrerin, det haut nich hin."

"Doch. Deine Erinnerungen an die bösen Völker sind vor der Apokalypse entstanden. Wir brauchen uns vor ihnen nicht mehr fürchten. Du hast es damals klaren Verstands geschrieben. Willst du wegwischen, was für immer geschrieben steht?"

"Nee! Det is allet een Riesenmist! Ausjedachtet Zeuch! Um et beim Namen zu nennen: Lüjenmärchen! Nee, lass mich ausreden, ick erzähl' dir jetzt 'n schlagendet Beispiel! Biste bereit?"

Kristl zog sich unmerklich von ihm zurück, während sie nickte.

"Wie du vielleicht jehört hast, heeßt et, ick hätte die Wolljesichter zum Jlauben bekehrt. Det is der jrößte Kokolores alla Zeiten. Von weejen jeheimnisvolle Ausstrahlung, wie Franzl sich det zusammenjeschustert hat. Und trotzdem jlooben jetz' alle diesn

Schmarrn. Ick hab jar nischt jemacht, außer eene noch verwertbare Rübe und ne Menge verstreuter Körner einjesammelt, weil dit komische Affenpack nur achtlos damit rumwirft. Se haben mir dat Zeuch doch nich jeopfert! Det sind jottlose Mistviecher, die ihre Alten und Schwachen in 'ne Schlucht schmeissen, ab, runter zu den Sumpfbiestern. Ha' ick zufällig jesehen. Soviel dazu."

"Und als sie dich bemerkten, haben sie dann damit aufgehört?"

"Selbstverständlich. Habe nen Riesenkrach jeschlagen."

"Sie hätten auch dich in den Abgrund werfen und weitermachen können", überlegte Kristl, „folglich hatten sie große Ehrfurcht vor dir. Ich sag dir mal eins: Franzl liegt genau richtig. Ach Nikolo, du musst einfach mehr an dich glauben! Schau her, du hoast ja aa den Xaver wiar oaferweckt!"

Schmidt schwieg. Dieser alte Knochen war mitnichten je tot gewesen. Vielleicht nicht einmal scheintot. Alles könnte sogar aus irgendeinem Grund inszeniert gewesen sein. Er überlegte, das verstopfte Stethoskop zu erwähnen, aber er hatte den Doktor bereits in den Hintern getreten und der hatte es schnellstens gesäubert. Auch schien es ihm höchst unwürdig, seine Identität mit Hilfe von zwei nicht mehr vorhandenen Pfropfen Ohrenschmalz zu beweisen. Er warf ein, dass Kristls Mutter ihn mitnichten als ihren Vater erkannt hatte und bekam zu hören, dass diese ja auch fast blind und taub und nicht mehr bei Verstand sei.

Resigniert ließ er nach einer Weile den Blick noch einmal über Kristls jugendhaftes Antlitz huschen und stand seufzend auf. Es war unmöglich, an sie heran zu kommen.

"Werde mit der Erzsuche bejinnen", sagte er müde.

## 4.6

## Junge Hunde

August 1911. Minna, Marie und Guste waren mit Schmidt ins triste Voglheim umgezogen.

Franzl war bitter enttäuscht, doch er war überzeugt, dass es Gottes Wille sei, dass der Nikolo den Erzabbau wieder in Schwung brachte. Es war ja höchst löblich, wenn neue Pflüge geschmiedet wurden. Das musste man eingestehen.

Am Erzgraben waren die Eimer wie dereinst tagelang auf und ab gegangen, ohne dass eine Senkung des Wasserspiegels zu bemerken war. Schmidt vermutete, dass es unsichtbare Zu- und Abläufe gab, beschloss, eine tiefe Drainage anlegen zu lassen. So stand schon gleich viel mehr Arbeit als erwartet an, während er befürchtete, dass ihm die Zeit davon lief. Es gab so hoffnungslos vieles zu bedenken, abzuwägen, zu entscheiden. Vielleicht gab es an anderen Stellen zugänglichere, ergiebigere Vorkommen.

Eigentlich konnte überall Erz liegen. Man könnte hier und da Rotpalmen umreißen, vielleicht lag es ja gleich unter den Wurzeln, und Futter für die Öfen hätte man dann auch. Man musste Mehreres zugleich versuchen, musste vielleicht doch die Sumpfkreaturen als einzige Verteidigung bereit halten, bis die Kanonen gegossen waren. Arbeitsbrigaden mussten zusammengestellt werden, Bodenproben in verschiedenen Gegenden genommen, gleichzeitig Fallen angelegt, Verließe oder Ähnliches gebaut werden - kurz gesagt: viel Kopfarbeit, erst recht für einen Mann wie Schmidt.

Von Zweifeln geplagt, wie ein Bastler, dem das Glück ein einmalig kostbares Material in die Hände gelegt hatte, wagte er nichts so recht anzufassen.

Das zur Planung nötige Papier war im heruntergekommenen Voglheim natürlich Mangelware, die zudem von mitgekochten Wespenlarven verunreinigt war. Man schickte deshalb zwei Jungen nach Otaglia, die alsbald mit dem Gewünschten zurück waren. Allerdings nicht nur mit schönem Büttenpapier, sondern auch mit einem Präsent von Kristl: zwei keimhaften, jungen Beutelhunden in einem speziellen Lederbeutel, jene Wurmlinge, die er erst kürzlich gesehen hatte. Schmidts Zwiespalt konnte kaum größer sein! Hier ein herzerwärmendes Geschenk seiner Angebeteten, dort zurecht der Argwohn der baldigen Mütter seiner Kinder, die nach den neuesten Erkenntnissen nun doch zu erwarten waren.

Minna und Marie beschwerten sich, Hunde seien nur etwas für Kinderlose. Kristl wisse nicht, was sich gehörte. Der Gedanke an zwei eigene Hunde aus der Hand der schönen Pfarrerin gefiel ihm aber ganz außerordentlich, wenngleich es ein ziemliches Opfer war, sie an sich zu binden. Das nämlich war im wahrsten Sinne des Wortes nötig, indem man sich, nach Landessitte, den Lederbeutel bis zur Reife der Tiere umschnallte und sie darüber hinaus so oft als möglich per Strohhalm mit Muttermilch versorgte. Ungeachtet dessen trug Schmidt den Beutel tapfer wie ein Soldat seinen verwundeten Kameraden. Nebenbei konnten die Jungen Thies und Sepp sich nun jeden dritten Tag Printen verdienen, indem sie halbwegs frische Muttermilch von Kristls Leika brachten, die er Fritz und Willi stündlich mit Hilfe von Strohhalmen einflössen musste.

Natürlich zog der Beutel mit seinem ständigen Gewusel, seinem Geruch und der Pflege viel Aufmerksamkeit auf sich, sodass der Planung am morschen Schreibtisch in Xavers Pfarrei die nötige

Muße fehlte.

Schmidt breitete unausgegorene Gedanken vor allen möglichen Leuten aus, und schon steckte er zu seiner Überraschung in ziemlichen Kalamitäten. Er hatte nur die Vermutung geäußert, dass das rote Laub der Palmen auf Eisen hindeuten könnte. Darauf hatten einige Voreilige euphorisch begonnen, in der Nähe von Otaglia Mengen der prächtigen Bäume mit Hilfe von Stricken und Beutelpferden um zu reißen. Die tonnenschweren Stämme lagen nun kreuz und quer und mit den Schuppen derartig in einander verzahnt, dass es größtenteils unmöglich war, sie ab zu transportieren, zumal die wenigen Äxte und Sägen sich krank gemeldet hatten.

Kurz darauf stürmte zu allem Übel eine völlig veränderte Kristl seine klamme Residenz und klärte ihn auf: "Offizier Schmidt! Des hoad sofort a End!!!"

"Pschscht, leise! Det muss ja keena wissen."

"Des koann ned Gottes Wille sei!"

"Det is et mit Sicherheit! Sonst würd' er 's verhindern."

"Ea is grad verhindert! Drum schickt ea grad mi daher!"

"Denn soll er uns doch verraten, wat wa sonst tun sollen, um Findalloah zu retten!"

Kristls Anblick hatte ihn umgehend butterweich und seine Stimme kläglich werden lassen. Umso stolzer warf sie den Kopf in den Nacken: "Retten, indem mia's zeaschloangn?! Etz is mia ois kloa! Recht hoast! Du bist ned der Nikolo! I hoab dein' Deppen befohlen, oafzuhör'n. Loass dir ned no moi oafoiin, sie oaf 'm Gebiat von Otaglia Bäum' umreiß'n zu loass'n! Sonst tanz' ma demnägsd Taka-wana-hoa-ka-putta! Soag des dein' Lakaien, sie solln die Bäum' wiar oafstoin! Leb wohl, Offizier Schmidt!!!"

Sie machte nochmal kehrt und knallte wortlos ein Tonfläschchen mit Hundemilch auf den Tisch. Stumm klappte Schmidt den Mund auf und zu. Dann, während sein Blick noch zwischen ihr und dem Hundebeutel hin und her flog, knallte sie etwas Weiteres, ein zerknülltes Schriftstück, adressiert an den deutschen Kaiser, daneben. Sie zog mit verdrehten Augen die uralte Kannibalenfratze, die ihr Gebiss wie das eines Raubtiers aufblitzen ließ, und verschwand.

## 4.7

### Der Bart des Nikolo

Das Umreißen der Palmen war ein Riesengaudi gewesen und hatte ein ordentliches Tagewerk ergeben. An die dreihundert Palmen lagen noch immer kreuz und quer, abgesehen der Hand voll, die man mühsam aufgerichtet und gesichert hatte, wobei ihre Wedel trotz Nikolos Segen von Tag zu Tag unlustiger herab hingen.

Es stellte sich auch heraus, dass die eifrigen Gesellen, statt tiefer zu schürfen, nur die Erde unter den Wurzeltellern in Augenschein genommen hatten. Als man bei ein paar nachträglichen Stichproben zu allem Übel nur auf alten Korallenkalk und Tuff gestoßen war, hatte Schmidt entschieden, dort alles stehen und liegen zu lassen. Den Überschuss an Tauen, die er zur Sicherung der Palmen aus Lumpen drehen lassen hatte, hatte er dann für den Fang von Mangadauren zur Seite gelegt. Ein Kreis von hierzu Auserwählten sollte ihm absolute Treue, Gehorsam und Verschwiegenheit schwören. Alles, was Kristl reizen könnte, sollte im Geheimen stattfinden.

An der Erzgrube nagte man sich mit jämmerlicher Ausrüstung zentimeterweise tiefer, um einen Ablauf zum Berghang zu schaffen. Dort hatten anfangs Otaglier mit Voglheimern zusammen gearbeitet, bis ein Otaglier von einem Voglheimer in die Erzgrube, zwischen die Kadaver befördert wurde. Im voraus gegangenen Streit hatte Jasper behauptet, Xaver sei als Wiederauferstandener dem Nikolo gleich, und er, Jasper, vertrete ihn hier – hier, auf Voglheimer Gebiet. Alle hätten also zu tun, was er sage.

Leute aus den eigenen Reihen hatten widersprochen, dass Xaver nicht von sich aus auferstanden sei, sondern der Nikolo ihm als Vater Glück und Gnade gespendet habe. Die Otaglier beharrten obendrein darauf, Xaver sei nach wie vor kein Sohn, sondern eine Rezepturgeburt und dass Jasper hier auf Otaglier-Gebiet so oder so nichts zu sagen habe. Darauf hatte Jasper mit dem Kriegstanz geantwortet. Alle hatten sich mitreißen lassen, waren aufeinander los gerückt und es war zu jenem eklen Vorfall gekommen. Überfordert hatte Schmidt angeordnet, dass sie an unterschiedlichen Tagen zu arbeiten hätten und Jasper die Voglheimer beaufsichtigen solle, nicht ahnend, dass er dem Quertreiber damit einen großen Gefallen getan hatte.

Anderswo ging es friedvoller zu: An der Nordseite des Otaglis gab es außerdem auf seine Anweisung ein Zeltlager, in dem Männer aus beiden Dörfern stationiert waren, um die Quelle eines roten Rinnsals bis zur vermuteten Erzader aufzureißen. Sie wurden gut verpflegt, vielleicht zu gut. Dort passierte sehr wenig, außer dass sie Karten spielten und sich voll laufen ließen.

\*

Gegen Ende November machte sich Kristl mit ihrem Hundetier durch den Schnee nach Trunkenheim auf. Das Fallen der Bäume hatte ihren Glauben an den Nikolo mitgerissen, und es hatte viele Reibereien zwischen ihr und den Ratsleuten gegeben. Dabei hätte sie am Liebsten das Beichtgeheimnis gelüftet und ihre Gedanken zu jenem Brief geäußert, den Schmidt nachts in ihrer Kammer an den Kaiser geschrieben und in den Papiereimer geworfen hatte. Sie hatte ihn nach seiner Beichte wieder und wieder gelesen, aber erst Trauer und Zorn über den ruinierten Wald hatten sie das Unfassbare annehmen lassen. So war ihr

Entschluss gereift, die Reste des alten Fürchtegott herbei zu schaffen, um die Täuschung zu beenden

Auf dem Weg zum unteren Seedorf hatte sie in Fladenheim und Duruma erklärt, sie wolle dem Nikolo zu Weihnachten eine Überraschung mit seinen zurückgelassenen Schriften machen, die er - ein wenig List musste sein - sehr vermisse.

Da man unten am See auf die Bergdörfler seit der großen Nikolo-Feier nicht gut zu sprechen war und sie ihnen obendrein den Nikolo weggenommen hatten, war auch nicht viel Überredungskunst nötig gewesen. Ja, hatte es da geheißen, das würde man mit Freuden tun, damit der Nikolo sähe, was er an seinen jetzigen Beherbergern hätte. Nicht einmal eine Begleitung Kristls sei denen da oben der Herzenswunsch des Nikolo wert, stichelte der Jackl, obwohl er ihren schäbigen Xaver von den Toten erweckt habe.

So kam sie mit zwei Pfarr- und zwölf Ratsleuten in Trunkenheim an und zog weiter, mit einem überglücklichen Franzl und den Anderen, übers Eis, zu den Wantuxi-Leuten. Man nahm noch dreizehn weitere kräftige Männer, die alten Waffen und genug Hunde mit, stieg wie jedes Jahr die Eishöhlen hinab ins Sumpfland.

Die Sohlen waren mit scharfen Steinen gespickt. Taue, die die Stiege flankierten, gaben den Händen Halt. Um sich den Schutz des Himmels zu sichern, führte man wie üblich die hohlen Prozessionskreuze mit.

Elisabeth bereute, mitgegangen zu sein. Sicher hätte sie Ausreden über Ausreden gefunden, aber als neue Ratsfrau und Pfarranwärterin hatte sie es für klüger gehalten, nicht aus der Reihe zu tanzen. Als sie Anfang des Jahres mit behänder Zunge um ihre Wahl in den Rat geworben hatte, war ja nicht abzusehen gewesen, dass diese Wanderung noch einmal gemacht, und erst recht nicht, dass der Jackl ihr nun mit noch behänderer Zunge während des Abstiegs die Gefahren aufzählen würde.

Einmal, schmückte er unter anderem lebhaft aus, sei die gesamte Gemeinschaft ins Rutschen geraten, hätte alles Gepäck samt Kreuzen und Gaben für den Nikolo im Flug verloren und hätte sich unverrichteter Dinge mit den Verletzten heim schleppen müssen. Ja, da wäre sie vielleicht noch ein Kind gewesen und habe nichts davon mitgekriegt, auch nicht von der armen Ratsfrau, die von einem herabstürzenden Eiszapfen von oben bis unten durchbohrt worden sei.

Und vor Jahren hätte ein Untier zwei der Hunde erwischt. Unten, an den Quellfeldern, ein Ichtycholynth, ein Überlebender aus der Zeit der Grottenwälder, der dann in einem Mantel aus Speeren unters Eis gespült worden wäre. In Folge dessen führte Elisabeth sich dermaßen auf, dass sie und die Hunde von den kräftigsten Begleitern Huckepack genommen werden mussten.

Unten war dem vertrauten Wasserlauf über die gewundenen Kiesbänke zu folgen und über das erstarrte Sumpfmoor auf den Felsendom zuzuhalten. Die eisige Weite dehnte sich frostdunstig von den zerlöcherten Bergen bis zum weißen Strand. Entlaubte Rotpalmen-Stämme reckten sich wie verkohlt aus reglosen Schwaden. Hier war das Winterrevier der Schwefelhyäne, des Blauen Mithulodons, des Blinden Buhlrongs, der Oskorongochs und anderer Nachkommen des versunkenen Reichs.

Sie gingen, krochen von Ferne wie Milben auf weißem Laken über die verschneiten Geröllbänke, folgten den seichten Wasserläufen.

Anfangs strömte das Wasser zu schnell, um zu gefrieren. Später teilte es sich zwischen dem Filzmoos in zahlreiche Rinnsale, die eilig unter den Eisdecken dahin gurgelten. Die Wanderer grölten ihren altbewährten Kriegsgesang, um die Untiere abzuschrecken und liefen bis zum Einbruch der Dunkelheit über weiß gedeckten rot-grünen Filz, aus dem dichter und dichter erstarrte Wundergewächse ragten.

Gelegentlich gluckerte es erschröcklich von den dampfenden Türkistümpeln, von deren verkrusteten Rändern normaler Weise Salpeter als Gerb- und Pökelsalz für das nächste Jahr mitgenommen wurde. Bis hierher würde man also auch weiterhin ab und zu gehen müssen.

Kurz bevor sie das Nachtlager aufschlugen, meinte der Jackl, das Jaulen von Schwefelhyänen gehört zu haben. Die Hunde waren ebenfalls unruhig. Elisabeth hatte ihren Kräutervorrat schon aufgeraucht und zitterte wie Espenlaub.

"Mir miassn weitersingen! Lauter! Etz macht scho!", bibberte der alte Schwarzseher nicht weniger.

"I koann nimmer!", krächzte Elisabeth.

"Hoid endlich 's Mau!", ging Alois den Jackl an. Es sei nichts. Wie immer.

Die anderen sogen seelenruhig an ihren Pfeifen und nickten. Man beruhigte Elisabeth, in der Nacht würde das Feuer brennen und Wache gehalten. Spieße, Bögen, Steinschleudern und Fackeln wären stets bereit.

Doch dann ging es los.

Die Hunde wurden ganz still, kniffen die Ruten ein. Jeder wusste, was das hieß.

"Des san zu vui!", schloss der Jackl auf die Anzahl der Angreifer. Einmal musste es ja geschehen und das war jetzt, jetzt während einer Wanderung, die eigentlich überflüssig war.

Wahrscheinlich hatten sie Jackls und Elisabeths Angstschweiß gerochen. Und dieses dürre, schlotternde Nervenbündel rannte nun schreiend in Panik zurück, schneller als man sie halten oder einholen konnte. Aber die Hunde sprangen auf, folgten ihr mit plötzlich hochgestellten Ruten. Sie holten sie ein, überholten sie und verschwanden hinter einer Schneewehe. Ein grelles Quieken, ein blutiges Röcheln und ein paar flüchtende Schatten zeugten von einem erbitterten Kampf. Mit blutigen Trophäen kehrten sie wohlbehalten zurück. Man ließ sie sich vollfressen und hängte Haut und Knochen zur Abschreckung an die nackten Palmstämme.

*

Der Rest des Wegs war am Mittag des nächsten Tages erledigt. Das Heiligtum wurde singend umrundet, dann stiegen die Pfarrleute hinauf.

Da man im Vorjahr die Stufen nicht geputzt hatte, waren sie etwas mehr von Filz bewachsen als sonst, und sie zeigten Kratz- und Trittspuren, denen die beiden mitgenommenen Hunde an fast zerreißenden Leinen folgten.

Die Tür zur heiligen Kammer stand noch offen, wie Schmidt sie hinterlassen hatte.

Dann sahen sie das verkohlte Kreuz, den herab genommenen Christus. Die Wände waren rauchgeschwärzt. An den wahren Großen Häuptling erinnerten nur noch zerfledderte Bandagen, angenagte Knochen und Hautfetzen und verkohlte Reste des Throns. Das Gesicht war samt Bart und Haar vom Schädel verschwunden. Der Schädel selbst - er roch noch zart nach Bienenwachs - war hinten aufgebrochen, darin steckte ein geplündertes Beutelmäusenest.

Kristl fiel auf, dass dem Christus die Wunden verbunden waren.

Die Sprache der Dinge war eindeutig. Alles war hoffnungslos verwüstet, der Dreck der Feuerstelle, leere Kalebassen und Scherben waren im ganzen Raum verteilt. In einer Ecke entdeckte man einen durchwühlten Haufen zerknüllter Texte mit den Spuren schlimmster Zweckentfremdung.

Dazu fanden sich Kothaufen und Borsten vom Blauen Mithulodon, einem dachsähnlichenen Sumpfbewohner. Die Schriftkammer des Steinpodestes stand offen und darin fand man den arglosen Gast winterschlafend in einem Nest. Durch Schließen

der Klappe war er soeben vor einem Blutbad zwischen den Zähnen der Hunde bewahrt worden.
Als die Hunde heruntergebracht waren, stand alles still.

Kristl hatte gesprochen, alle hatten ihr ungläubig zugehört. Franzl geriet außer sich. Seine Fülle war in Zuckungen geraten, er verdrehte die Augen wie ein ängstliches Kalb, griff wie ein Ertrinkender nach einem Strohhalm, um unter Wasser weiter zu atmen: "Er koann zwoamoi existiern! Wissts des ned? Zwoamoi, dräimoi, so vui er wuii! Des hoat ea suibs g'soagt! Freili! Dös woas hier liagt, dös b'soagt goar nix. Dös san quasi nur die Restn von sei' Verdopplung. Des is doch a Wunder! Pack mer's z'samma, neh'ma die Schriftn und gemma."
Er ließ sich vor dem Unflat in der Ecke auf die Knie fallen und begann, die geknüllten Ballen glatt zu streichen. Doch es waren nur die verschandelten Liebesbriefe von Minna und Marie.
"Liaber, liaber Franzl", sprach Kristl ihn an. "Bist du a solch a kindskofferter Depp? I soag dia, woas des hier is, und wennst des in dei Schädl ned nei kriagst, koann dia aa koana mehr huifa!"
Jetzt fiel er in sich zusammen und wimmerte: "...I woiß es doh längst! Herr Gott, i woiß es! Woas mach ma etz bloß?!"
"Schaung mer mal", schneuzte sich Kristl. "Gehts ihr zuerst", sagte sie. Sie werde dem Dachs die Türen öffnen, wenn die Hunde weit genug entfernt wären. Franzl wurde böse. Was?! Bist du noch ganz beisammen?! Der Kerl wird mitgenommen, bis er den letzten Köttel wieder ausgeschissen hat! Nein, aufgeschnitten! Und dass hier jeder Köttel eingesammelt würde! Verdammt! Alles was in irgendeiner Form vom Nikolo übrig sei, wäre mitzunehmen um das Beste daraus zu machen. Und in der Kammer könnten noch Schriften stecken!
Er rutschte auf den Knien herum, um den getrockneten Tiermist einzusammeln. Ein Teil rutschte ihm wieder aus der Ellenbeuge.

"Wenn des übbahaupt sei Überbleibsel san! Die kenn fei vun diesem Eindringling san. Woas wissen mir denn scho?", machte sich Jackl bemerkbar.

Kristl war nahe dabei, ihm einen Tritt ans Schienbein zu verpassen.

"Umkehrt, Jakob!", herrschte sie ihn an. "Dea Fremdling sitzt in Voglhoam. Oan sein' Untaten könnt's eahm erkenna."

Franzl hielt im Vollstopfen seiner Manteltaschen inne und deutete auf den Schädel: "Obba dea doa, der hoad koan Boart! Des is a Fremder! Dea is halt hia g'storben, ois dea Nikolo noh ned aaferstangdn woar!"

Er stieß ein irrsinnig schrilles Lachen aus und alle schüttelten bitter die Köpfe.

Der Sepp wagte zu bemerken, dass ein Schädel eigentlich nie einen Bart hätte.

Nach einer Weile unterbrach Bertl sein Schluchzen und Schniefen: "Obba I, I hoab doa a Hoffnung", sagte er schüchtern. "Denkts doh an die eingpökelten Scholaren, die unser gütiger Sankt Nikolo in Myra wiedererweckt hoad. Wenn dea neue Nikolo dea woahrhaftige Selbige is, koann ea des G'zumpl aa wiar aaferwecken. Koann er's ned, dann is ea's aa ned."

"Soii ea eahm aus dea Dachsscheiße oafastehn loassen?", wurde Vroni sarkastisch. Dem Kare platzte der Kragen, man solle dem Mistvieh jetzt endlich das Fell über die Ohren ziehen. Berti sprang vor die Podest-Klappe und bat um Aufmerksamkeit: Wenn der neue Nikolo der falsche Nikolo sei, müsse man den Dachs, der den richtigen gefressen habe, heilig sprechen. Schließlich bestehe er ja zum Teil aus dem wahren Nikolo.

Eine Beratung an frischer Luft war nötig.

Um die Mitnahme des lebendigen Dachses möglich zu machen, zog ein Teil der Leute mit den Hunden ein Stück weit voraus. Alois und Simon zerrten das Tier von der Größe eines halbwüchsigen Wildschweins samt seinem Nest an den Hinterbeinen ans Licht. Es ließ sich stupid grunzend in einen Mantel verpacken, der von zwei Männern transportiert werden konnte.

Bertl gab den von Jakob geliehenen Mantel, um die Reste des Großen Häuptlings einzusammeln.

"Schaugts aich des aa!", rief er plötzlich. Das Nest bestand aus Bandagen, Papierfetzen und dem Laub, das Schmidt zuvor unter dem Christuskreuz angehäuft hatte, aber da war noch mehr.

"Dea Boart!!!", schrie Jackl auf.

"Dea Boart!!! Dea Boart!!! Mia hoam den Boart!!!", kreischte Franzl.

"Dea Boart!!! Bei Gott!!! Dea Boart vum Nikolo!!!"

Sie fielen sich in die Arme.

Behutsam wurde er aus dem Gewirr befreit. Und dann erschien verknautscht, aber unverkennbar, das Gesicht, über das Franzl so oft seine Paste gestrichen hatte. Der Geruch beseitigte die letzten Zweifel. Das Haupthaar erschien. Bei Gott, er war's! Der brave Dachs hatte ihnen das Wichtigste gelassen!

Nun weinte Franzl, wie alle, und der dürre Bertl heulte zusätzlich wie ein Schlosshund, als er den athletischen Simon bemerkte, der in seinem Schmerz immerzu mit verkniffenem Mund den Kopf schüttelte.

Sie hatten ihn wieder, aber tot war tot.

Es gab wohl doch keine Auferstehung des Fleisches.

Vielleicht nur fromme Hoffnung und Selbstbetrug.

Vielleicht aber nur in diesem Fall.

Auf jeden Fall aber gab es einen falschen Nikolo im ungeliebten Voglheim, und das war immerhin ein schwacher Trost. Wer kein vollkommener Idiot sein wollte, musste das zugeben.

Kristl hatte ihr Ziel erreicht.

Es wurde beschlossen, die Reste des Toten in die Gedächtnis-hütte von Trunkenheim zu schaffen. Dort sollte er, mit aller Kunst wieder hergerichtet, als Beweis für die Falschheit des neu-en Nikolo dienen. Bertl hätte gerne seine Modellier-Künste, im großen Stil, mit Marzipan bewiesen. Jackl sagte, das könnte alles noch schlimmer machen.

*

Sie waren losgezogen und hatten später das Nachtlager aufge-schlagen. Die Hunde hatten sich beruhigt. Feuer flackerten und gelegentlich flogen ein paar kurzlebige Funken auf.
Über ihnen, majestätisch und unbeachtet, funkelte das Univer-sum wie Diamantstaub. Das ganze unendliche Universum, mit all seinen Welten und Wundern! In ein paar Jahren würden dort Satelliten kreisen.
Unten ging der Conaki herum.
Kristl schmiegte sich an Leika.
Der Sepp wärmte die frierende Elisabeth, der Dachs schlief den Schlaf der Gerechten. Franzl küsste den Mantel, der die Kostbar-keiten enthielt und lächelte selig.
"Stäii dia moa voa", grummelte der Jackl, an seinem Pfeifenstiel nagend, "dea Saudax do hätt' uns nix ois den Boart g'lassn…"
Da lachte der nur mit einem zarten Bartflaum beschiedene Pfar-rer Franziskus ein irres Lachen, mal schrill, mal tief, wie ein Ju-gendlicher im Stimmbruch, bis ihm die Tränen liefen und sprach mit letzter Kraft: "Des oane sag ich aich: Besser den Boart als go-anix."

Ende

# Anhang

## Ein Gedicht

Tief in der Erden festem Schoß

Schläft dunkel noch des Himmels Spross!

Drum schwingt die Hacke, Arm und Bein,

Grabt tief ins Erdreich euch hinein!

Auf dass des Himmels Seligkeit

Euch lohne bis in Ewigkeit!

Sankt Nikolo dies zu euch spricht,

Und wehe, ihr befolgt es nicht!

*J. Schmidt, Otaglia 1911*

Der später zerrissene Brief
an den deutschen Kaiser Wilhelm II

*Majestät, mein Kaiser!*

*Otaglia, Juni 1911*

*Frei aller Umschweife möchte ich um Vergebung für mein Versagen ersuchen, welches die Ursache der Eingeborenenrevolte von Houa-Pelopaya war.*

*Es sei aber bemerkt, daß ich zuvor selbst dem dreisten Betrug eines niederträchtigen Verräters zum Opfer gefallen bin, sodaß mir zur Entlohnung meiner aufgebrachten Häuptlinge nichts als der klägliche Versuch geblieben, ihnen anstelle der abhandenen Gold-Nuggets Messingnieten zu offerieren. Dies war auch recht planmäßig verlaufen, bis man sie mir plötzlich Tage später unter großem Tumult vor die Füße warf, was in Anbetracht der Unbedarftheit der Eingeborenen nur auf Verrat und Verhetzung schließen lässt.*

*Was mir daraufhin im Laufe meiner Flucht widerfuhr, kann ich nicht sagen. Nur so viel, daß ich hier - weitab dieser Kan-*

nibalen - in Sicherheit bin. Etwas ist aber mit meinem Kopf passiert, das ich nur auf den Treffer einer Wurfkeule zurückführen kann. Ich befinde mich hier auf einem friedlichen Eiland, das die Eingeborenen Findalloah nennen, das noch auf keiner Karte verzeichnet ist und auf das noch keine der wettstreitenden Nationen Anspruch erhebt.

Immerhin ist hier eine gewisse Kultiviertheit festzustellen, die wir offenbar einem unbekannten deutschen Missionar zu verdanken haben, der hier vor 65 Jahren verstarb. Ganz offenbar erreichte er dieses Gebiet mit einem Heißluftballon, möglicher Weise unabsichtlich. Der Korb ist gar noch vorhanden. Wie dem auch sei: Die Stelle dieses Mannes habe ich durch eine höchst sonderliche Fügung mit neuem Leben erfüllen können und mir steht sämtliche Befehlsgewalt frei und diese wird von den Einheimischen in einer Weise anerkannt, wie es selten der Fall ist. Aus diesem Grunde entrichte ich hiermit das Gesuch, mich offiziell in den Rang eines Gouverneurs zu setzen, in welchen ich hier durch die Vorsehung bereits gestellt wurde. Soweit ich beurteilen kann, ist die nunmehr von mir neu entdeckte Insel vermutlich ein im antarktischen Meere gelegenes Atoll. Doch will ich sogleich anfügen, daß selbst in diesem fernen Erdenwinkel man bereits in Folge meines fleißigen Wirkens Euer Majestät Geburtstag feiert!

Wie groß die Insel ist, weiß hier entsprechend dem geringen Interesse an derlei Dingen niemand. Genaue Vermessungen, die wohl noch einige Zeit beanspruchen werden, habe ich nachzutragen vorgesehen. In dem nun Folgenden will ich Euch trotz meiner noch unvollständigen Kenntnisse ein möglichst wesentliches Bild der Insel und ihrer Bewohner übermitteln, (über die Fauna und Flora soll bei anderer Gelegenheit ausführlich berichtet werden) damit Ihr im Bilde seid.

Vom weißen Sandstrande umgeben zieht sich ein kilometerbreiter Sumpfsaum um ein Korallenkalkgebirge, das in Form eines zerklüfteten Ringes eine von etwa 4600 Menschen besiedelte Hochebene umschließt. Aus ihrer Mitte ragt ein alter, auf schätzungsweise 1300 Mtr. Höhe herunter gewitterter, von überwiegend rot und teils grünfarbigem Urwalde überwucherter Vulkankegel, der Mohaya Otaglis genannt wird, was verdolmetscht "Morchelkappe" bedeutet. Die Sicht reicht vom Südhange des zentralen Vulkanberges bei klarstem Wetter bis zum Meere hin.

Am Südhang ist die Siedlung Voglheim mit 752, etwa drei Stunden Fußmarsch weiter westlich die Siedlung Otaglia mit 874 Bewohnern gelegen.

In der überaus fruchtbaren Vulkanerde gedeiht unter anderem eine vorzügliche Rebe, Conaki genannt, welche die Einheimischen zu einem meisterlichen Brand zu destillieren verstehen, welcher wundergleich auch bei reichlichem Zuspruche nicht zur Trunksucht, wohl aber zu ungeahnter Geistesklarheit führt.

Der Bergkegel kann im Tieflande in etwa 30 Stunden Fußmarsch umrundet werden, was der Unwegsamkeit des Geländes zuzuschreiben ist. An seinen Hängen findet sich ein in den Berg abtauchendes Erzvorkommen, das allein in den Augen der wenig ehrgeizigen Bewohner unerreichbar wie auch wohl nur angeblich das Einzige seiner Art ist. Dieser Sache werde ich mich - wie schon begonnen - weiterhin mit äußerster Gründlichkeit widmen.

Es existieren in dem ganzen vergleichsweise rückständigen Lande nur wenige, ausnahmslos schlechte Wege, die lediglich als Furten die Fließgewässer schneiden, sodaß meine Bemühungen der Kolonialisierung im anderen Falle gewiß fortgeschrittener wären.

Das Sumpfland ist gegenwärtig nur unter Ausnutzung winterlicher Verhältnisse in sechs Tagen vom Strand zum Innenlande hin durchquerbar. Es beheimatet eine überwiegend rote, in unseren Breiten unbekannte Pflanzenwelt sowie eine dem Anschein nach der Hölle entsprungene Fauna, von der ich noch der Zoologischen Gesellschaft zu Berlin berichten werde.

Dagegen zeigt sich das Hochland im Umkreise der Ansied-
lungen vorwiegend grün, was in der Vielzahl im vergangenen
Jahrhundert missionarisch importierter Nutzpflanzen begrün-
det und - nebenbei erwähnt - durchaus nicht immer zum Vorteil ist.

Alles Wasser aus dem Hochlande sammelt sich in einem
See, den ich Euch zu Ehren in Wilhelmsee umzunennen gedenke. Es entweicht an seinem Ende mit Gebrüll und Kanonenhall
in eine höchst absonderliche und mit meinen Worten kaum be-
schreibliche Höhlenwelt unter die berüchtigten Hängenden
Felsen, unter denen ein mit kräftigen Thauen gesicherter Pfad
in das Sumpfland hinab gebaut ist. Aus der Ur-Sprache verdolmetscht bedeutet der hochtrabende Name nichts anderes als
"Donnerndes Loch".

Aus vielerlei Quellen neu entspringend verteilen sich die
Wasser des Wilhelmsees nach ihrer grandiosen Kraftver-
schwendung auf einen weiten, nur bei strengem Frost begehba-
ren Bereich.

Am Ufer des majestätischen Sees - er ist in ein sanft zu den
bläulich schimmernden Korallenbergen ansteigendes Hügel-
land gebettet - liegen vier menschliche Siedlungen, allesamt
mehr oder weniger malerisch an zu schauen, denen wie auch
den Obigen eine Kapelle und ein Gemeinschaftshaus eigen ist.

Sie sind geschmückt mit Unmengen an frommem Kitsch, ähnlich wie es der Italiener liebt, vor allem Nikolaus-Figürchen und -Ikonen sowie Marienbilder und Abbilder der Christus-Gestalt, insbesondere das Weihnachtsgeschehen und weniger die Kreuzigung betreffend, worin sich die kindlich-heitere Gläubigkeit der Insulaner ausdrückt.

Den urthümlichsten Anschein erwecken die Wantuxi (651 EW.), was jedoch täuscht. Sie leben vom Conakibrennen und vom Fischfang und bauen Tabak und Kaffee sowie Kartoffeln als Beikost an. Verglichen mit den übrigen christianisierten Bewohnern haben sie daneben die heidnischsten Gebräuche und die naturvölkischste Art der Behausung und Bekleidung bewahrt, welche des Sommers jener der allseits bekannten Überseevölker gleicht, von denen der eher dunkelhäutige Findallohaner auch abzustammen scheint.

Mehr als alle Übrigen sind die Wantuxi jedoch höchst begabt in der Keramikbrennerei, was der Destillation und Aufbewahrung ihres vortrefflichen Weinbrandes zu Gute kommt, der ihnen als Tauschware im Handel mit anderen Dörfern dient, obwohl auch sonst überall gebrannt wird. Der Abbau von Eisenerz aus dem Norden ist dagegen (s.o.) schmerzlichst zum Erliegen gekommen, sodaß die einst fleißigen Rennöfen zur Schande des ganzen Landes nur noch feuchter Zierrat sind.

Lobend hervor zu heben ist das nur dort verwendete Mauboa-Schwein, dessen Schinken ich als die besten der Welt loben muß. Dem folgt jedoch sogleich das sogenannte Bankiva der Trunkenheimer, das eine rein pflanzliche, von Menschenhand producierte Fleischsorte darstellt.

Es ist auch außer Frage, daß mit sämtlichen Conaki-Provenienzen beste Positionen auf dem Weltmarkte erstritten werden könnten. Dies gilt ebenso dem vorzüglichen Tobak, falls eine ausreichende Productionfläche erschlossen würde.

Im gleichen Sinne sei der Kaffee erwähnt, eine hochwertige, vom Lavaboden verwöhnte India-Bohne (wenn ich nicht ir-re), mit der sich einegute Actie machen ließe.

Zu Eurer Freude will ich erwähnen, daß das Volk sowohl des süddeutschen Abzweigs der deutschen Sprache sowie des Lutherisch-Biblischen mächtig ist, was ich jedoch ins Preußi-sche zu reformieren gedenke.

Um eure Freude ganz und gar dem Gipfel zuzutreiben, will ich hiermit auch bekannt geben, daß bereits zwei neue treue Unterthanen seiner Majestät behufs meiner Initiative das Licht der Welt erblicken werden.

# Eine Abhandlung über das Mangadauron

O. Schmeils Lehrbuch der Zoologie gewidmet

## Das Mangadauron

Klasse: Wirbelthiere,

Ordnung: Marsupilae,

Unterordnung: Hexapoden,

Art: Mangadauron oder Riesen-Vielfachtier.

*Das Äußere:*

Von allen absonderlichen Geschöpfen des im Bereich der Antarktis entdeckten Neulandes Tschegedah (neuzeitlich: Nikolonia) ist das Mangadauron das hervorstechendste. Obwohl friedfertigen Gemüts, ist es nicht nur von abstoßend feindseligem Äußeren, sondern auch überaus wehrhaft ausgestattet. Ausgewachsen erreicht es etwa 4,5m Höhe, wobei es säulenartig auf vier Hinterbeinen zu stehen und zu laufen pflegt, die aus dem langzotteligen Unterpelz ragen. Jene sind nackt, von bläulicher Färbung und mit zahlreichen unregelmäßig verteilten Hufen versehen, von denen je Fuß nur zwei bis drei der Fortbewegung dienen. Sie tragen jenen Leib, dessen Rücken mit groben, gold-braunen Grannen und langen Stacheln besetzt ist und in einen mindestens 3,5m langen Schweif ausläuft, der am Ende - dem des vorzeitlichen Stegosaurus gleich – vier wuchtige Dorne trägt. Das grausige, spärlich behaarte Haupt ähnelt dem des Wildschweins, dazu finden wir auf der Rüsselscheibe einen gegabelten rosa

Fleischauswuchs, der je nach Alter und Geschlecht von verschiedener Größe ist. Aus dem tief eingekerbten Maul ragen mehrere krumme braune Hauer, manche brechen gar ungeschlacht aus Haut und Knochen des Oberkiefers hervor! Auch die Ohren ähneln denen des Wildschweins und sind mit langen Borsten bestellt, die zu stattlichen Pinseln auslaufen. Einzig die runden, schwarzen Augen, welche groß und arglos in die unberührte Inselwelt blicken, lassen dem ein wenig Wohlwollen abgewinnen.

Den Schultern entspringen als drittes Extremitätenpaar krallenbewehrte Bärenarme mit je zwei opponierbaren Daumen.

Die vollendete Absonderlichkeit dieser Naturlaune kommt aber erst mit Blick auf die Bauchseite zum Ausdruck: Wie schlaffe Weinschläuche hängen dort bei weiblichen wie männlichen Exemplaren drei unfertige, verkleinerte Ausgaben der Gattung herab, welche mit dem Leibe fest verwachsen sind, während bei den weiblichen in der Regel ein ganz ähnliches Jungthier mit ebenfalls drei Auswüchsen dazukommt, das aus einem kaum sichtbaren Beutel herausbaumelt. Wo zwischen all diesem pelzigen Gewürm Platz ist, drängen zahlreiche, bei beiderlei Geschlecht nackte, rötlich bis bläulich schimmernde Brüste hervor, zu denen die blinden

Jungthiere sich hin und wieder hervorwinden, um zu trinken. Allen Thieren ist ein aufblasbarer Kehlsack zur Erzeugung eines kräftigen, glockengeläutartigen Rufes gemein.


*Ernährung:*

Obwohl sich die Mangadauren überwiegend von angespültem Seetang und Ähnlichem ernähren, steht auf ihrem Speiseplan auch das Innere einer riesenwüchsigen Korallenart, der nur hier

lebenden Landkoralle, die Fleischbergen gleich an den Uferzo-
nen wuchert. Von diesen pflegen die Mangadauren gelegentlich
zu fressen, indem ihre Anhängsel in deren Öffnungen dringen
und ein unansehnliches Geschlüpf ans Licht zerren, das sie den
großen Mäulern zuführen. Hier finden sich typische Allesfress-
ergebisse mit großen, stumpfen Molaren.

*Wirtschaftliche Bedeutung:*

(...)

## Über tredition

EIN EIGENES BUCH VERÖFFENTLICHEN

tredition wurde 2006 in Hamburg gegründet. Seitdem hat tredition mehrere tausend Buchtitel veröffentlicht. Autoren veröffentlichen in wenigen leichten Schritten gedruckte Bücher, e-Books und audio-Books. tredition hat das Ziel, die beste und fairste Veröffentlichungsmöglichkeit für Autoren zu bieten.

tredition wurde mit der Erkenntnis gegründet, dass nur etwa jedes 200. bei Verlagen eingereichte Manuskript veröffentlicht wird. Dabei hat jedes Buch seinen Markt, also seine Leser. tredition sorgt dafür, dass für jedes Buch die Leserschaft auch erreicht wird.

Im einzigartigen Literatur-Netzwerk von tredition bieten zahlreiche Literatur-Partner (das sind Lektoren, Übersetzer, Hörbuchsprecher und Illustratoren) ihre Dienstleistung an, um Manuskripte zu verbessern oder die Vielfalt zu erhöhen. Autoren vereinbaren direkt mit den Literatur-Partnern die Konditionen ihrer Zusammenarbeit und partizipieren gemeinsam am Erfolg des Buches.

Das gesamte Verlagsprogramm von tredition ist bei allen stationären Buchhandlungen und Online-Buchhändlern wie z. B. Amazon erhältlich. e-Books stehen bei den führenden Online-Portalen (z. B. iBookstore von Apple oder Kindle von Amazon) zum Verkauf.

Jetzt ein Buch veröffentlichen: **www.tredition.de**

# EINE BUCHREIHE ODER VERLAG GRÜNDEN

Seit 2009 bietet tredition sein Verlagskonzept auch als sogenanntes "White-Label" an. Das bedeutet, dass andere Personen oder Institutionen risikofrei und unkompliziert selbst zum Herausgeber von Büchern und Buchreihen unter eigener Marke werden können. tredition übernimmt dabei das komplette Herstellungs- und Distributionsrisiko.

Zahlreiche Zeitschriften-, Zeitungs- und Buchverlage, Universitäten, Forschungseinrichtungen, u.v.m. nutzen diese Dienstleistung von tredition, um unter eigener Marke ohne Risiko Bücher zu verlegen.

Alle Informationen im Internet: **www.tredition.de/Buchverlage**

tredition wurde mit mehreren Innovationspreisen ausgezeichnet, u. a. Webfuture Award und Innovationspreis der Buch-Digitale.

tredition ist Mitglied im Börsenverein des Deutschen Buchhandels.

FSC
www.fsc.org
MIX
Papier | Fördert
gute Waldnutzung
FSC® C083411

Zeitfracht Medien GmbH
Ferdinand-Jühlke-Straße 7
99095 Erfurt, Deutschland
produktsicherheit@kolibri360.de